Harry Potter

Harry Potter
and the Cursed Child

ハリー・ポッターと
呪いの子

舞台脚本 東京版

原作＝ J.K. ローリング
ジョン・ティファニー&ジャック・ソーン
脚本＝ジャック・ソーン
翻訳＝小田島恒志 小田島則子

Harry Potter and the Cursed Child Parts One and Two,
by J.K. Rowling, Jack Thorne and John Tiffany

First published in print in Great Britain in 2016 by Little, Brown

Contents

J.K.ローリング

わたしの世界に入り、
すばらしいものを作ってくれたジャック・ソーンへ。

ジョン・ティファニー

ジョー、ルイス、マックス、サニー、マールへ……
全員が魔法使いだ……。

ジャック・ソーン

2016年4月7日に生まれたエリオット・ソーンへ。
我々はリハーサルに、
息子は嬉しそうに声をあげるのに忙しかった。

舞台脚本をどう読むか
ジョン・ティファニーとジャック・ソーンの対話

ジャック　僕が最初に読んだ舞台脚本は、『ヨセフとカラフルな驚きの夢上着（仮訳）』だった。小学生だったけど、すごく興奮したよ。はっきりとは覚えていないけれど、自分のセリフだけを拾い読みしたと思う。ああ、そうさ、僕は自信過剰の高慢チキなガキだったから、そう、もちろん主役のヨセフを演じるつもりだったよ。二番目に読んだのは『銀の小刀（仮訳）』、イアン・セレリヤーの古典的な名著の劇場版で、そこでは主役じゃなくて――たしか「三番目の男の子」とかなんとかいう役だった。主役のエディック・バリッキをやりたかったな。エディックを演じられたら最高だ、と思ったけど、残念ながらそのころには、もう僕の役者としてのキャリアは終末を迎えていた。九歳だったけどね。

ジョン　僕が最初に読んだのは『オリバー！』で、九歳の時だった（そんな小さいころでさえ、最後にビックリマークの！がついているのはミュージカルなんだって、なんとなくわかっていた――オリバーの物語に歌がついている！ってね）。ハダーズフィールド・アマチュア・オペラ協会の一九八一年の上演で、僕はそのミュージカルのタイトルになったオリバー少年の役を演じた。自分のアクセントを劇用に変えようとした記憶がないから、オリバーの母親が赤ん坊を産むのにウェスト・ヨークシャー州の貧民収容施設に向かう場面だったと思うけど、きっと僕たちの舞台は、ディケンズの原作のおかしな焼き直し版だったろうな。僕も君と同じで、自分の役のセリフだけを追って読んだ。台本のオリバーのセリフにハイライトの印をつけるために、わざわざ黄色の蛍光ペンを買いに行ったことを覚えている。ほかの役者たちがそうしていることに気がついたからね。当然、そうすることが手慣れた役者の印なんだと思ったよ。あとになって、スリのドジャー役の子に、目立つ印をつけるだけでなく、セリフを自分のものにしなきゃならないって言われるまで、そのことに気づかなかった。こうして僕の台本読みの第一歩が始まったというわけだよ。

ジャック　君のオリバーを見たかったなあ。それに蛍光ペンで印をつけた台本もね。君の茶色の演出ノートがピカピカなのにいつも感心していたんだ。僕の台本ときたら――ページの角は折れているし、判読できないメモがいっぱい書いてあるし、赤ん坊のゲップで汚れているし（そりゃ、ゲップは比較的最近追加されたものだけど）。

それで、台本はどう読まれるべきだと思う？　台本ってどういうふうに読まれるんだろう？　台本を本として出版するためにト書きの部分を書こうとしていたとき――公演前のあわただしい数週間のことだけど――僕はそういうことがとても心配になった。何度かリハーサルを繰り返しているとき、セリフをごっそり削除したことを覚えている。役者たちが目や表情でいろんなことを苦もなく伝えているのを見て、自分が書いたセリフは必要ないことがわかったからね。今回の台本のセリフは今回の舞台の役者たちに向けて書きあげられたものなんだ。でも、ほかのグループの場合、もっと書き込む必要があることもある。それに、演出家もそうだけれど、本の読者は、読みながら登場人物を頭の中に思い浮かべる必要があるんだ。演出家の君の場合、台本を初めて読むとき、そこに何を求める？

ジョン　演出家としては、脚本を初めて読むときがとても大切だ。観客がその脚本の舞台を初めて見るときといちばん近い状態だからね。完成した台本を読めば、脚本家が書こうとした物語や人物、テーマに近づけるようでなくてはならない。台本を読んで泣いたり笑ったりできるものだ。台本で物語の楽しさを味わうことができるし、苦しむ登場人物の深い悲しみを感じることができる。完成した舞台、そして観客と一体になって経験する舞台を、台本が導きだすんだ。脚本家としては、台本を書きながら、出来上がった舞台の経験をどこまで思い浮かべられるのかなあ？　台本をタイプで打ちながら、それぞれの配役のセリフを声に出して言ってみるのかい？

ジャック　僕の場合はもっとひどい。登場人物みたいに動くんだ。人気のコーヒー店とかサンドイッチ店で仕事をしていたりすると、不審な目で見られてしまうよ。気がつくと、僕はその役になりきって身振り手振りしているんだ。かなりはずかしい。

今度の劇の台本の執筆中、いちばん面白かったのは、たぶん、役者とこれほど長い時間を一緒に過ごしたのは初めてだったということだろうな。ワークショップの何週間とか、リハーサル中の何週間を、全員が同じ部屋で長い時間一緒に過ごした。デザイン・チームから照明チームまでね。そんな経験は、それまで誰もしたことがなかったと思う——たぶん全部で八か月ぐらいだった。それが、出来上がったものにどういう影響を与えたと思う？　きっとずっと良いものに仕上がったと思うけれど、それ以外に、なにか僕たちのした仕事のトーンが変わったと思うかい？

ジョン　君がカフェに座って、自分の書いた劇の登場人物になったつもりでブツブツ言ったり体をひねったりしている姿を想像すると楽しいね！　ジャック、それにはきっと観客がつくと思うよ。とてもユニークなスタイルの演劇みたいだ。巡業できるな。「呪いの子」の俳優たちがきっと見る。一番前の観客席をずらっと予約するよ。だめかい？　うーん、いやなら仕方がない……。

ワークショップやリハーサルで、相当長い時間一緒に過ごしたことは、僕たちの作り上げたものに、確実にいい影響を与えたと思う。そのプロセス全体が、今でも鮮明に、ダイナミックに、はっきりと感じられるよ。二〇一四年の初めにジョー（ローリング）を交えて物語の筋を話し合った最初の数回のミーティングから、初めて観客が舞台を見た二〇一六年の夏までの間に、役者、クリエイティブの人間、アーティスト、プロデューサー、制作や技術のチームなど、大勢の人間がこの劇に貢献した。だから僕は台本を出版するときに、ぜひそういう人たちの名前を載せたいと思ったんだ。だからこそ、本として出版された台本は、劇場で舞台を見るという完全な経験をするためのほんの入口なんだ。

それで、この台本を書いた人間としては、まだ舞台を見ていない人たちに、出版された脚本を読んで、どんなことを思い描いてほしいのかなあ？

ジャック　難しい質問だよ。初演の前日に、僕はツイートした。「みんなに舞台を見てほしい。読むより観《み》る方がいい――台本は楽譜と同じで、歌うことが前提なんだ。それにこの劇の配役も裏方も、ビヨンセそのものだ」。だから、それが答えかもしれないな。演劇界のビヨンセたちを想像してほしい――情感たっぷりで感情移入に優れた大物俳優たち――どのセリフも繊細に優雅にズバリとやっつけてくれる（本当にそうなんだ。俳優たちがずば抜けている）。――それに、舞台装置、振り付け、衣装、照明、映像、音響も全部最高だ。

もしくは、読者が僕の書いたように読んでくれればよいと願っているのかもしれない――ジョーとジョンの二人を両肩に乗せて――どのセリフにも、ハリー・ポッターの全編を貫く情感的な真実と正直さをなんとかして表現したいと必死になって書いたんだ。難しいのは、もちろん、なにも書かれていない行間だ。目や表情で伝える情感、セリフやト書きではとうてい伝えきれない心の中のつぶやき。文章で書くなら、誰かがこう感じている、と書けるけれど、舞台では役者が表情で心のつぶやきを表す。それに舞台では山のように魔法が出てくる。それは本で説明するわけにいかないよ。だってショーが台無しになるし、ジェイミー・ハリソン（イリュージョン＆マジック担当）が魔法界から追放されるからね。読者が頭の中で演技してみたらどうかな？　僕みたいにおかしくなって、カフェで全部の配役を演じてみるとか？　君なら、脚本の本の読者はどんなふうに読むべきだと思う？

ジョン　君の言うように、文章で書くなら、その人間が感じていることを、心の中の独白という形で書き表せるだろうし、詳細なト書きで視覚的な部分を表すことができるけれど、舞台の場合は役者がいて、クリエイティブの人間が我々と一緒になって、そういう要素に命を吹き込む。それだけじゃない。物語のある瞬間を完全に血の通ったものにするには、観客が集団で感じる想像力に頼ることがしばしばある。僕が舞台に夢中なのは、一つにはそれがあるからなんだ。映画ならコンピュータで創り出すイメージがあるけれど、舞台には観客という想像力がある。両方ともとても強力なものだよ。

読者が頭の中でセリフを演じてみるというアイデアはすばらしいと思う。または友だちと一緒にベッドルームで演じてみるとか。そういうやり方と、劇を生で見ている観客の想像力には共通点があるかもしれない。僕たちは、「ハリー・ポッターと呪いの子」の舞台を、ロンドンのパレス・シアターでもどこかほかの新しい舞台でも、観《み》たい人全員が観《み》られるように努力するよ。それまでは、読者が君の脚本を読み込んで、数えきれないほどの舞台が読者の頭の中に出来上がる――そう思うと、ほんとうに興奮するね。

第一幕

「時間が存在する唯一の理由は、
全てが同時に起こらないようにするためである」
――アルベルト・アインシュタイン

一幕　一場　ロンドン。キングス・クロス駅

混雑した駅。その中央に、三十七歳の男性、ハリーが不安げに立っている。そこへ積荷を満載した二台の運搬カートが、一番上に載せた大きな鳥かごをガタガタ言わせてやってくる。それを押しているのは二人の少年、ジェームズ・ポッターとアルバス・ポッターである。そのあとから彼らの母ジニーもやってくる。

アルバス　パパ、ジェームズがまた言った。
ハリー　ジェームズ、いい加減にしろ。
ジェームズ　もしかしてスリザリンかもな、って言っただけじゃん。だってアルバスは……（父親に睨《にら》まれて）え、何？

アルバスは父親を見て、それから母親を見る。

ジニー　九番線と十番線の間の壁に向かってただまっすぐ歩いて行けばいいから。

ハリー　立ち止まらない、そして怖がらない、ただ壁に突っ込む、そこがポイントだ。不安だったら一気に駆け抜ける。

アルバス　うんわかった。

ハリーはアルバスの隣でそのカートを押し、ジェームズはジニーと一緒に自分のカートを押し、一家は一緒に改札に突進していく。

一幕　二場　九と四分の三番線ホーム

ホームは「ホグワーツ特急」の吐き出す蒸気で覆われている。そしてこのホームも混雑している――ただし、ここにいるのは格好のいいスーツ姿の通勤客ではなく、ローブ姿の魔法使いたちで、ほとんど皆、愛する子供たちにどのような言葉を掛けて新学期に送り出そうか悩んでいる。

ハリーとジェームズとアルバスは心が和らぐその光景を眺めている。ジニーもあとから姿を現し、自分のローブの塵《ちり》を払う。

アルバス　ここかぁ。九と四分の三番線。

ジェームズ　どこにいんだ？　また遅刻か？　どうしてあの一家はいつも遅刻すんだろう？

ハリーはロンとハーマイオニーと娘のローズを指さす。ジニーは駆け寄ってローズをハグし、ロンはハリーと握手する。

ローズ　ジニー叔母さん！

ハリー　じゃあ、今日は車、無事に停《と》められたんだ？

ロン　ああ。ハーマイオニーったら俺がマグルの運転試験に合格するわけないって思ってたんだ。試験官に「錯乱せよ」の呪文でも使わない限り。

ハーマイオニー　そんなことないわよ。あなたのことは心から信じてる。

ローズ　私も心から信じてる、パパが試験官に魔法を掛けたって。

アルバス　パパ……どうしよう……僕、もし――もし、スリザリンになったら……

ハリー　スリザリンの何が悪い、立派な学寮だ。

アルバス　スリザリンは蛇の寮だよ、闇の魔術の寮だ……勇敢な魔法使いが入るところじゃない。

ハリー　アルバス・セブルスっていう名前はホグワーツの歴代校長二人から取ったんだぞ。一人はスリザリン出身だけど、パパはこれまであんなに勇敢な魔法使いには会ったことがない。

ロン　おい。

アルバス　でももし……

ハリー　そんなに嫌なら、「組分け帽子」がちゃんとお前の気持ちを汲《く》んでくれるさ。

アルバス　本当？

ハリー　パパの時はそうだった。（このことを口にするのは初めてで、彼の脳裏に一瞬当時が回顧される）アルバス、ホグワーツは絶対にお前を一人前の魔法使いにしてくれる。保証する。さあ、列車に置いてかれたくなかったら、もう乗らないと……

ハーマイオニー　ローズ、ネビルによろしく言ってね。

ローズ　ママ、無理よ、先生に向かって「よろしくぅ」なんて。

ローズは舞台から退場して汽車に乗る。そしてアルバスは振り返ってジニーとハリーに最後にもう一度ハグをしてからローズのあとを追う。

アルバス　じゃあ。行ってきます。

アルバスは乗車する。ハーマイオニー、ジニー、ロン、ハリーは汽車を見送る——汽笛が数回、プラットホームの端から端へと響き渡る。

ロン　あのさ、ジニー、俺たちお前はスリザリンに入るんじゃないかって言ってたんだ。

ジニー　なにそれ？

ロン　実を言うと、フレッドとジョージが元締めをやってみんなで賭けをした。

ジニー　なんなのもう！

ハーマイオニー　ねえもう帰ろう？　みんな私たちのこと見てる。

ジニー　この三人が揃《そろ》うといつも注目されちゃうわね。一人ずつでもそうだけど。いつだって注目の的。ハリー……アル、大丈夫かしら？

ハリー　大丈夫に決まってる。

一幕　三場　ホグワーツ特急

アルバスとローズが通路を歩いている。
車内販売魔女が、ワゴンを押しながら近づいてくる。

車内販売魔女　車内販売、いかがですか？　かぼちゃパイに、蛙《かえる》チョコに、大鍋ケーキもございます。

ローズ　(アルバスが蛙《かえる》チョコを物欲しげに見ているのに気づいて) アル。ほら集中。

アルバス　集中って、何に？

ローズ　友だち選び。うちのママとパパはホグワーツ特急でアルのパパに出会ったんだから……

アルバス　一生の友だちを今選べって言うの？　なんか、こわっ。

ローズ　全然、むしろワクワクするわ。私はグレンジャー＝ウィーズリー家の娘で、あなたはポッター家の息子——みんな友だちになりたがるだろうから。
全部の車両を見てからどこにするか決めよ。

アルバスはある車両のコンパートメント（客室）のドアを開ける――中を見ると、ブロンドの子供――スコーピウス――が一人ぽつんといる。アルバスはほほ笑む。スコーピウスもほほ笑み返す。

アルバス　やあ。ここの席……
スコーピウス　空いてるよ。僕だけだ。
アルバス　よかった。じゃあちょっと――お邪魔しようかな――ちょっとだけ――いい？
スコーピウス　いいよ。どうぞ。
よかったらパチパチソーダキャンディでもどう？　チョい辛チョコも、鬼っ子ペッパーも、ナメクジゼリーもある。うちのママが言うんだ（歌って）「お菓子のおかげで友だち増え

アルバス　る――」って。ばかな発想だよね。もらっていい？――うちのママはお菓子禁止でさ。どれからいこうっかな？

ローズがスコーピウスの見えないところでアルバスをぶつ。

スコーピウス　決まってんじゃん。鬼っ子ペッパーだよ、僕はこいつがキング・オブ・スイーツだと思ってる。ペパーミント味で、食べると耳から蒸気が出る。

アルバス　いいね、じゃあまずはそれから――（ローズがふたたび彼をぶつ）ローズ、ぶつのやめてくれない？

ローズ　ぶってないわよ。

アルバス　ぶ、ぶってるだろう、痛いって。

スコーピウスはうつむく。

スコーピウス　僕のせいだ。

アルバス　え？

スコーピウス　あのさ、僕は君が誰か知ってる、だから君が僕のことを知らないのはフェアじゃないよね。

アルバス　どういう意味だよ、僕が誰か知ってるって？

スコーピウス　アルバス・ポッターだよね。それと、ローズ・グレンジャー＝ウィーズリー。そして僕はスコーピウス・マルフォイ。母親はアストリア・マルフォイで、父親はドラコ・マルフォイ。君たちの親と僕の親は――仲が良くなかった。

ローズ　ずいぶん控えめな言い方ね。あなたの両親は*デス・イーター（*死《し》喰《く》い人）でしょう！

スコーピウス　（傷ついて）パパはそうだったけど――ママは違う。

ローズはそっぽを向く、彼女の聞いた話とは違うから。

スコーピウス　噂《うわさ》を聞いたんだね、でもそれ嘘《うそ》だから。

アルバスは不愉快そうなローズを見て、それから必死な様子のスコーピウスを見る。

アルバス　何——噂《うわさ》って？

スコーピウス　うちの両親には子供が出来なかったっていう噂《うわさ》。僕のパパとお祖父《じい》ちゃんはマルフォイの家系を終わらせないために、どうしても強力な跡継ぎが欲しかった、だから……だからタイムターナーを使ってママを送り返して——

アルバス　送り返したって、どこに？

ローズ　スコーピウスはヴォルデモーの息子だっていう噂《うわさ》があるのよ。

恐ろしく居心地の悪い沈黙。

ローズ　たぶんでたらめね。だって……ほら、あなた鼻があるもん。

緊張がわずかにほぐれ、スコーピウスは痛ましいほど感謝して、笑う。

スコーピウス　うん、パパの鼻にそっくりなんだ！　鼻も、髪も、名前もパパにもらった。だからすごいってわけじゃなくて。そりゃあ父と息子だからね、色々と問題はある。それでもマルフォイの方がいいなって話さ。だっていやだろう、父親が闇の帝王。

スコーピウスとアルバスは互いに見つめ合い、二人の間には何かが通じる。

ローズ　うん、じゃあ、私たちどこかよそに席探すわね。アルバス、行こう。

アルバス　ううん（ローズの表情を見て）、僕はいい。君は好きなところに行って……

ローズ　アルバス。ほら。
アルバス　いや。僕はここにいる。
ローズ　あ、そう！

ローズは一瞬彼を見てからコンパートメントをあとにする。
スコーピウスとアルバス二人きりとなる――どうしたらいいかわからず見つめ合っている。

スコーピウス　ありがとう。
アルバス　いや。別に。君と、じゃない。――その（歌って）お菓子と一緒にいたかったんだー。
スコーピウス　ウィゾー！　どう呼んだらいい？　アルバス？　アル？

スコーピウスはにこっと笑ってお菓子を二つ口に放り込む。

アルバス　（考える）アルバス。

スコーピウス　（両耳からスチームを噴き出しながら）僕のお菓子といてくれてありがとう、アルバース！

アルバス　（笑って）わぉ。

一幕　四場　**経過の場面**

ここからは時間が次々と移り変わっていく別世界での場面となる。これは魔法を見せるのが重要な場面である。

最初はみんなアルバスの周りで踊っている。

ポリー・チャップマン　アルバス・ポッター。

カール・ジェンキンス　ポッター家の子が。この学年に。

クレイグ　髪の毛が同じなんだ。父親そっくりの髪してる。

ローズ　彼、私のいとこなの。（みんな振り返る）ローズ・グレンジャー＝ウィーズリー。よろしくね。

組分け帽子　この仕事、続けることはや何世紀
私は名高き組分け帽子

生徒の頭の中を覗《のぞ》き
運命決めるはこの私
出来のいかんにかかわらず
いかなる生徒も振り分けよう
私を載せればあやまたず
行くべき学寮教えよう……
ローズ・グレンジャー＝ウィーズリー。グリフィンドール！

ローズ　ああダンブルドア様。
組分け帽子　スコーピウス・マルフォイ。スリザリン！
ポリー・チャップマン　そりゃそうよね、納得。
組分け帽子　アルバス・ポッター。スリザリン！

沈黙となる。

マクゴナガル　スリザリン？

クレイグ　うっそ！　ポッターの子が？　スリザリン。

アルバスは不安げに周りを見る。スコーピウスが彼の方へ身体を乗り出す。

スコーピウス　ねえ！　アルバス！　やったね！　僕と一緒だよ。

アルバス　ああ。うん。

ローズ　アルバス、何かの間違いよ。アルバスがスリザリンのわけない。

スコーピウスがローズに手を振り、ローズは顔をしかめてみせる。

マダム・フーチ　（笛）ぐずぐずしなーい。全員箒《ほうき》の横に立って。ほら、さっさとやる。

子供たちは全員急いで自分の箒《ほうき》の横に立つ。

マダム・フーチ　箒《ほうき》の上に手をかざして、声をかける、「アップ！」。

全員　アップ！

ローズとヤンの箒《ほうき》はそれぞれの手にすうっと上がる。

同時［ローズ／ヤン］　やったぁ！

マダム・フーチ　さあ、どんどんやって、やる気がない人に教える暇はありません。ほら、「アップ」。心をこめて、「アップ」。

全員（ローズとヤン以外）　アップ！

次々と箒《ほうき》が手に吸い寄せられて上がる、スコーピウスの箒《ほうき》も上がる。アルバスの箒《ほうき》だけが床に残っている。

全員（ローズとヤンとアルバス以外）　よし！
アルバス　アップ。アップ。アップ。

彼の箒《ほうき》は動かない。

ポリー・チャップマン　やっだ、びっくりマーリン！　マジお父さんに似てないってこと？（笑）
ヤン　アルバス・ポッターはスリザリンのスクイブか。（全員笑）
マダム・フーチ　では、みなさん。飛びましょう。（笛）
全員　ハハハ！　スクイブ！

ハリーがどこからともなくアルバスの脇に現われ、舞台一面に蒸気が立ち込める。群衆が彼らの周りに集まってくるが、その中に、のちにデルフィーであることを我々が知ることになる女性がいる。

アルバス　あのさ、パパ？——悪いけどもうちょっと離れて立ってくれない？

ハリー　（面白がって）二年生ともなるとパパと一緒のところは見られたくないってわけか？

二人をやたらと気にしている魔法使いが二人の周りをぐるりと回り出す。

アルバス　違うって。ただ——パパはパパで——僕は僕だから——

ハリー　人が見てたっていいじゃないか？　人が見る。でも見られているのはパパで、アルじゃない。

やたらと気にしている魔法使いがハリーにサインを求めて何かを差し出す——ハリーはそれにサインをする。

アルバス　ハリー・ポッターとスリザリンの息子を見てるんだ。

ハリー　みんなに何か言われたりするのか？　そうなのか？　やっぱりもう少し友だちを作ってみたらどうだ――パパだってハーマイオニーとロンがいなければホグワーツでやっていけなかった、全部あの二人のおかげだ。

アルバス　でも僕にはロンとハーマイオニーは必要ない――友だちなら――スコーピウスがいる、パパは好きじゃないだろうけど僕はスコーピウスだけがいればいい。

アルバスはスーツケースを手に持ち断固たる態度で歩き去る。ハリーはあとを追おうとするが、ドラコに行く手を遮られる。

ドラコ　頼みがある。

ハリー　ドラコ。

ドラコ　噂《うわさ》があるだろう――うちの息子の出生に関する――一向におさまらない。スコーピウスはホグワーツで執拗《しつよう》にいじめられている——魔法省から正式な声明を出してもらいたい、タイムターナーは先の神秘部の戦いのあとすべて処分したからそういう……

ハリー　ドラコ、そんな噂《うわさ》、ほっときゃ消えて、すぐにまた別の噂《うわさ》が——

ドラコ　息子が苦しんでいるんだ——最近アストリアの具合もよくないから——息子にはできる限りのことをしてやりたい。

ハリー　そんなことしたら火に油を注ぐようなもんだ。ヴォルデモーに子供がいたって噂《うわさ》ならもう何年も前から繰り返し出てるだろう。標的にされたのはスコーピウスが最初じゃない。魔法省としては、政府のためだけではなく、君のためにも、この件には触れずにいたい。

アルバスはある魔法薬を覗《のぞ》き込んでいる。

アルバス　えっと、次に入れるのは——二角獣の角かな？

カール・ジェンキンズ　あいつとヴォルデモーの子供には近づくなって。
アルバス　いやほんの少しサラマンダーの血を加える……

魔法薬が大音量で爆発する。クラスメートは無情にも笑う。

スコーピウス　大丈夫、何か中和する成分を混ぜれば。どこからやり直そうか？
アルバス　最初から全部だ。

このセリフと同時に時が進み、アルバスの目が曇り、顔の血色が悪くなっている。

ハリー　大事な年だ。三年生だぞ。はいこれ、親の同意書、ホグズミード村に行く時の。
アルバス　ホグズミードは嫌いだ。
ハリー　どうしてわかる、一度も行ったことがないのに？

アルバス　どうせホグワーツの生徒だらけだろう？

アルバスは許可証の紙を丸める。

ハリー　試しに行ってみろって――ほら――ママに内緒で好きなだけハニーデュークスでお菓子が買える――あ、アルバス、よせ。

アルバス　(杖《つえ》を向けて) インセンディオ*（*燃えよ）。

丸めた紙が炎となって燃え上がり、ステージ上方へと上がって行く。

ハリー　なんてばかなことを！

アルバス　皮肉だな、こういう時だけ効くなんて。この呪文、チョー苦手なのに。

ハリー　アル――アルバス。パパはずっとマクゴナガル先生とフクロウ便でやり取りしてるんだけど――先生は、お前が自分から孤立してるとおっしゃってる——授業でも他の生徒と協力しないで——いつも不機嫌で——いつも……

アルバス　じゃあ僕にどうしろって言うの？　人気者になる魔法を使えって？　魔法でグリフィンドールに入れって？　もっといい生徒に変身しろって？　だったらパパが魔法で自分好みの息子に変えてくんない？　ね？　そうすれば二人とも幸せになれる。もう行く。列車が出ちゃう。友だちが待ってるし。

アルバスはスコーピウスのところへ歩いて行く。スコーピウスはすっかり元気をなくして座っている。

アルバス　スコーピウス……スコーピウス……どうした？

スコーピウスは何も言わない。

アルバス　お母さんの具合どう？　だいぶ悪いの？
スコーピウス　最悪の結果になった。

アルバスは友人の隣に座る。

アルバス　何て言ったらいいか……
スコーピウス　お葬式に来て。
アルバス　もちろんだよ。
スコーピウス　それと、ずっと友だちでいて。

先生　三年生になった諸君、今日から杖《つえ》のトレーニングに入る。ポッター、遅刻だ！

このセリフと同時に、いきなりダンスが始まる。杖《つえ》のダンスである。生徒たちは勝手に動き回る自分の魔法の道具を何とか制御しようとしている。それが一番出来ていないのは誰か？　アルバス・ポッター。他の生徒たちがこの魔法を習得していくのと反対に、彼はますます混乱していく。ダンスは生徒たちが黄金の火花を空に打ち上げる段階に入るが、アルバスの杖《つえ》は爆発して赤い煙となる。失敗である。

ポリー・チャップマン　哀れなポッター。杖《つえ》までグリフィンドールに入りたがってる。

アルバス　好きでハリー・ポッターの息子になったわけじゃないから。

一幕　五場　魔法省。ハリーの執務室

ドアがノックされる。

ハーマイオニー　　ハリー？

ハーマイオニーがハリーの散らかった執務室を覗《のぞ》く。彼女は彼の書類を仕分けし始める。壁に掛けられた肖像画が彼女の見ているものに興味を示したところでハリーがすごい勢いで入って来る。

ハリー　　ハーマイオニー、人の部屋で何してんだ？

ハーマイオニー　　どうだった？　タイムターナーは押収できたの？

ハリーは件のタイムターナーを掲げる。

ハリー　セオドール・ノットは拘束した。
ハーマイオニー　それ、本物なの？　ちゃんと動く？
ハリー　ちゃんと機能してる。本当にこれ保管しとく気？
ハーマイオニー　そうするしかないんじゃない？（短い間。彼女はいらだって辺りを見回す）こんな散らかったところでよく仕事ができるわね？

ハリーはデスクに向かって杖《つえ》を振る。書類や書籍類が整然と積まれる。ハリーはほほ笑む。

ハリー　ほら片付いた。
ハーマイオニー　でも仕事は片付いてない。ねえ、この中には興味深い案件もあるのよ……山トロールがグリフォンに乗ってハンガリーを飛び回っているとか、背中に翼のタトゥーを入れた巨人たちがエーゲ海を歩き回っているとか、オオカミ人間が完全に地下にもぐったとか。全部繋《つな》がってるの。

ハリー　よし、じゃあ早速現地に飛ぼう。僕がチームを編成する。

ハーマイオニー　ああ、そういうこと、そりゃデスクワークは退屈だけど……

ハリー　君なら平気だよね？

ハーマイオニー　私は自分の——魔法大臣としての仕事で手一杯よ。トロールも巨人もオオカミ人間も魔法界の戦争ではいつもヴォルデモーに味方をしてきた。闇の力の同盟者ってこと。彼らの動きと——セオドール・ノットの家から押収したこれとを考え合わせると——何か意味がある気がする。でも、魔法省法執行部の長官がファイルに目も通してないいんじゃあ——

ハリー　いや、その必要はない——僕はいつだって巡回に出て、自分の耳で聞く——セオドール・ノットのことだって——僕がタイムターナーの噂《うわさ》を聞きつけて僕が対応したんだ——いちいち僕に指図しないでくれ。

ハーマイオニー　アルバス、まだ大変なの？

ハリーは顔を上げて彼女を見る。

ハリー　君って人は、昔からどうしてこうむかつくほど察しがいいんだ。今朝マクゴナガル先生からフクロウ便が来てね。今年になっていじめがさらにひどくなりそうだって心配してる。

ハーマイオニー　ねえ。一旦うちに帰ってアルバスと話をしてきたら？　ホグワーツ特急が出るまでの貴重な時間を大事にして。で、頭を切り換えてからここに戻って、書類に目を通してちょうだい。

ハリー　さっきの話、本当に何か意味があると思う？

ハーマイオニー　（ほほ笑んで）だとしても、私たちは闘う方法を見つける。いつだってそうしてきたんだから。

彼女はもう一度ほほ笑むと、タフィーを口にポンと放り込んでハリーの部屋から出て行く。ハリーは一人になる。バッグに荷物を詰める。執務室を出て廊下を歩いて行く。彼の両肩に世界がのしかかる。

そして観客には彼の背後に影――煙――黒いものがうごめいているのが感じられる。彼は疲れて電話ボックスへと入っていく。62442をダイヤルする。するとその黒いものも彼と一緒に移動していく。

電話ボックス　ごきげんよう、ハリー・ポッター。

彼は魔法省から上方へと去って行く。

一幕　六場　ハリー＆ジニー・ポッターの家

アルバスが眠れずにいる。彼は階段の上に座っている。階下から話し声が聞こえてくる。観客には、ハリーの姿が見えるより先に声が聞こえる。車椅子《くるまいす》に座った年輩の男性がハリーと一緒にいる、エイモス・ディゴリーである。

ハリー　エイモス、それはわかります、本当に——でも私は今帰ってきたところで……

エイモス　私だってずっと魔法省で面会の予約を取ろうとしてきた。なのに「ディゴリー様、今からですと長官との面会は、そうですね、二ヶ月先になります」と言われる。

ハリー　——だからって夜中にうちまで来て——

エイモス　私を避けてるんだろう。

ハリー　そんなわけないじゃないですか。ただ申し訳ありませんが、法

エイモス　執行部長官として私には色々な責任が……

ハリー　そうだ、お前さんには色んな責任がある。

エイモス　はい？

ハリー　息子のセドリック——覚えているか？

エイモス　（セドリックを思い出して胸が痛む）ええ、覚えています。彼が亡くなったことは——

ハリー　ヴォルデモーが求めたのはあんただ！　息子じゃない！　あんたから聞いたんじゃないか、ヴォルデモーが何て言ったか、「スペアを殺せ」。スペア。私の大事な息子を代用品呼ばわりだ。

エイモス　ミスター・ディゴリー、お気持ちはよくわかります、私だって——

ハリー　今日は折り入って頼みがあって来た。セドリックを取り戻すのに手を貸して欲しい。

エイモス　（動揺するが、それを表さないよう努めて）取り戻す？　エイモス、それは不可能です。

エイモス　魔法省にはタイムターナーがあるんだろう？
ハリー　タイムターナーは何年も前に全て廃棄処分にしました。
エイモス　本当か？　噂《うわさ》を聞いたぞ――有力な噂《うわさ》だ、セオドール・ノットが持っていたタイムターナーを魔法省が押収して保管していると。それを私に使わせてくれ。息子を取り戻したい。
ハリー　エイモス、時間をいじるということですよね？　それは出来ません。
エイモス　「生き残った男の子」のために何人死んだと思ってる？　そのうちの一人を救ってくれと頼んでいるんだ。

ハリーはこれに傷つき、考え、表情をこわばらせる。

ハリー　何をお聞きになったか知りませんが――セオドール・ノットの話はただの噂《うわさ》です、お気の毒ですが。
デルフィー　どうもー。

デルフィー——二十何歳かのきりっとした顔の女性——が階段の隙間からアルバスを見ているのを見てアルバスは飛び上がる。

デルフィー　あ。ごめん。おどかすつもりなかったんだ。私も昔階段でよく盗み聞きしたな。

アルバス　あなた誰？　ここ僕のうちなんだけど……

デルフィー　そうよねぇ！　私デルフィー二・ティゴリー。あなたアルバス・ポッターね！　ってことはハリーはあなたのパパ？　ちょっと凄《すご》くない？

アルバス　別に。

デルフィー　あ……あたし余計なこと言っちゃった？　学校で言われてたんだよね、出しゃばり・デルフィー・ディゴリー、地雷を踏んで墓穴掘りーって。

アルバス　僕の名前もいろいろいじられる。

エイモス　デルフィー！

彼女は離れようとして、ためらう。アルバスにほほ笑む。

デルフィー　どの家に生まれるかは自分で選べないもんね。私、エイモスおじさんの姪《めい》っ子で、おじさんの介護をしてるの。過去にしがみついてる人と生きるのは大変だよね？

エイモス　デルフィー！

彼女はほほ笑んで、そして階段を降りるときにつまずき、エイモスとハリーがいる部屋へ入っていく。アルバスは彼女を見つめている。

デルフィー　何、おじさん？

エイモス　昔偉大だったハリー・ポッターは、今や冷血な官僚だ。デルフィー、車椅子《くるまいす》を……

デルフィー　　はい、おじさん。

エイモスは車椅子《くるまいす》を押してもらって部屋から出て行く。

ハリーは二人の後姿を見つめているが、突然自分の額をつかむ。額に激痛が走る。

傷が痛む。

一幕　七場　ハリー＆ジニー・ポッターの家。アルバスの部屋

アルバスはベッドに座っており、世の中は彼の部屋の外で忙《せわ》しなく動いている。外の騒々しさをよそにアルバスはじっとしている。ジェームズの叫び声が聞こえる（オフから）。

ジニー　ジェームズ、いいからもう、髪のことはほっといて部屋を片付けなさい……

ジェームズが戸口に姿を見せる。ピンク色の髪をしている。

ジェームズ　ほっとけんのこれ？　ピンクだよ！　透明マントを被《かぶ》るしかないな！

ハリーがアルバスの部屋の戸口に現れる。彼は中を覗《のぞ》く。

ハリー　どうだい？

二人の間にぎこちない沈黙が訪れる。ジニーが戸口に姿を現す、彼女は一瞬とどまって様子を見ている。

ハリー　新学期のプレゼントを持ってきた――二つ。まず、これ、ロン伯父さんから――

アルバス　ああ。惚《ほ》れ薬《ぐすり》。本気？

ハリー　ジョークだな――なんのジョークか知らないけど。リリーにはへっこき庭小人で、ジェームズには櫛《くし》を送ってきた、それでとかしたら髪が真っピンクになっちゃってさ。ロンのやつ相変わらずだよな。

ハリーはアルバスの惚《ほ》れ薬《ぐすり》をベッドに置く。

ハリー　それと、これは――パパから……

彼は小さな毛布を見せる。ジニーはそれを見る、彼女にはハリーが努力していることがわかり、そっと立ち去る。

アルバス　何、その古い毛布？

ハリー　今年は何がいいかさんざん迷ったんだ。ジェームズは――ずっと前から透明マントを欲しがっていたけどお前には、もう子供じゃないから何か――きちんとした意味のあるものを渡したくて。これはパパが母親からもらった最後のもの、唯一のものだ。これにくるまれてダーズリー家に預けられた――幸運を祈るときはいつもこの毛布を出してきて握りしめた、だからお前もこれを……

アルバス　握りしめたいんじゃないかって？　あ、そう。こいつが僕にも幸運を運んでくれることを祈るよ。確かに僕には運が必要だ。

ハリー　それで――ハロウィーンの日にはその毛布を持っていたいんだ――両親が死んだ日だから。で、考えたんだが、その日はパパがホグワーツに行って――一緒に――

アルバス　この毛布はパパのものだ――パパが持ってて。

ハリーは額をつかむ。傷がまた痛む。

アルバス　どうかしたの？

ハリー　いやちょっと、頭痛が。手伝おうか？　荷造り。荷造りは大好きだったな。プリベット通りから出てホグワーツに戻れるんだから。あそこは本当に……そうだな、お前は好きじゃないようだけど……

アルバス　パパにとっては地球上で最高の場所だよね。知ってるよ、可哀《かわい》想《そう》な孤児はダーズリーの伯父さんと伯母さんにいじめられて——

ハリー　アルバス、頼む——ちょっと話を——

アルバス　——いとこのダドリーにいたぶられた、けどホグワーツに救われた。そういうの全部知ってるから。そういうぐだぐだぐだ……

ハリー　またそうやって挑発しようってのか、その手には乗らない。

アルバス　哀れな孤児が世界中の人を救った——だから僕は——魔法界を代表して——その英雄的な行いに感謝を伝えればいいんだよね？——頭を下げて欲しい？　それともひざまずいた方がいい？

ハリー　アルバス、やめてくれ——わかってるだろう——感謝して欲しいなんて思ったことはない。

アルバス　でも今僕は感謝の気持ちでいっぱいだよ——それもこれもこのカビ臭い毛布をプレゼントしてくれたおかげかな……

ハリー　カビ臭い毛布？

アルバス　僕がどう反応すると思ったの？　パパに抱きついて、いつも愛してるよって言うとか？　どうすると思った？　ねえ？
ハリー　（ついに堪忍袋の緒が切れて）いい加減にしないか。お前の不幸の責任を取らされるのはもうごめんだ。少なくともお前には父親がいる。パパにはいなかった、わかるか？
アルバス　それは不幸なことなの？　僕はそうは思わない。
ハリー　パパが死んだ方がいいっていうのか？
アルバス　違う！　パパが僕のパパじゃなければいいと思ってるだけだ。
ハリー　（本気で切れて）こっちだってお前が息子じゃなければいいと思ってる。

沈黙が流れる。アルバスはうなずく。間。ハリーは自分の発言に気づく。

ハリー　いや、今のは本気で言ったんじゃなくて……
アルバス　ううん。本気だった。

ハリー　お前の言い方にあおられてつい……

アルバス　パパは本気でそう思ってる。でも言っとくけど、僕はパパを責めてるんじゃないから。

　アルバスは毛布を手に取るとそれを投げる。毛布はロンの惚《ほ》れ薬《ぐすり》にぶつかり、惚《ほ》れ薬《ぐすり》が毛布とベッドにすっかり掛かり、小さな煙がもくっと上がる。

アルバス　これで、僕には運も愛もなくなった。

　アルバスは部屋から走り出ていく。ハリーがあとを追う。

ハリー　アルバス。アルバス……頼むから……ああ……ううう……

　額の傷の痛みが耐え難くなる。

一幕　八場　ホグワーツ特急

アルバスが車内を足早に歩いて行く。

ローズ　アルバス、ずっと探してたんだから……

アルバス　僕？　なんか用？

ローズ　だって私たち四年生になるでしょ、新たな一年の始まり。だからまた友だちになろう？

アルバス　僕なんていらないだろう、ローズ、君はグレンジャー＝ウィーズリー、みんな君と友だちになりたがってる。

ローズ　あの噂《うわさ》聞いた？　何日か前に魔法省が家宅捜索したっていう。あなたのパパ、ものすごく勇敢だったそうじゃない。

アルバス　それで？

ローズ　家宅捜索されたその魔法使い――セオドール・ノットっていう

人——法律で禁止されてるいろんな装置を持っていて——どうしてみんながわちゃわちゃしてるかって言うと——その中にタイムターナーがあったから。

アルバスはローズを見る、全ての辻褄《つじつま》が合っていく。

アルバス　タイムターナー？

ローズ　ね？　私を友だちにしておいた方がいいでしょ、こういう——

アルバス　誰に言われたの、僕に話しかけろって？

ローズ　バレてた？　たぶんお宅のママがうちのパパにフクロウ便を送って——

アルバス　僕のことはほっといてくれ、ローズ。

スコーピウスがいつもの客室でぼんやりと座っている。ローズとアルバスが飛び込んでくる。

スコーピウス　アルバス！　やあローズ、何だろう、その匂いは？

ローズ　私、臭い？

スコーピウス　違う、いい匂いがするんだ。新鮮な花と――新鮮なパンが混ざったみたいな。

ローズ　アルバス、私はいつも側《そば》にいるから、いい？　必要な時には。

スコーピウス　うん、上等なパンだ、美味しいパン……パンのどこがいけないのさ？

汽笛が鳴る。列車が動き出す。ローズは首を振りながら歩き去る。

ローズ　パン！

アルバス　あっちこっち探しちゃったよ……

アルバスは友人をハグする。とても強く。二人はほんの少しの間ハグしている。スコーピウスはこれに驚く。

スコーピウス　ちょっと。おーい。アルバス。僕たちハグなんてしたことあったっけ？　なんかキャラ変わった？

二人の少年はぎこちなくハグを解く。

アルバス　この二十四時間ちょっとやなことがあってね。あとで説明する。まずは列車から降りよう。

オフから汽笛が聞こえる。

スコーピウス　遅いよ、もう動き出してる。ホグワーツへゴーだ。

アルバス　じゃあ動いている列車から飛び降りよう。

アルバスは窓を開けて這《は》い上って出ようとする。

スコーピウス　動いている魔法の列車だからね。アルバス・セブルス・ポッター、そのヘンな目つきやめてくんない？

アルバス　第一問。三大魔法学校対抗試合とはどのようなものか？

スコーピウス　おおお、クイズね。ウィゾー！　三大魔法学校対抗試合とは、三つの学校が一人ずつ代表を出して三つの課題に挑戦し、トロフィーを競う大会である。それなんか関係あんの？

アルバス　お前マジすげぇオタクだな、知ってた？

スコーピウス　ありがとう。

アルバス　第二問。その三校対抗戦はなぜ二十年以上も開催されていないのか？

スコーピウス　最後の大会の時に、ホグワーツの代表として君のお父さんとセドリック・ディゴリーが参加していて、二人で一緒に優勝しようということになったけど、トロフィーがポートキーになっていて――手にしたとたんに二人はヴォルデモーの元へ移動してしまった。セドリックは殺された。それですぐに大会は中止された。

アルバス　正解。第三問。セドリックは殺される必要があったのか？　簡単な問題だ、答えも簡単――「ノー」だ。ヴォルデモーはこう言った――「スペアを殺せ」。スペア。間違いが起こったんだから僕たちが正さないと。タイムターナーを使って。セドリックを連れ戻すんだ。

スコーピウス　アルバス、理由は言わなくてもわかるだろうけど、僕はタイムターナーの熱狂的なファンじゃない……

アルバス　エイモス・ディゴリーがタイムターナーを貸してくれと頼んできた時、うちのオヤジはその存在すら否定した。息子を取り戻したい一心でいる老人に、息子を愛してやまない老人に、うちのオヤジは嘘《うそ》をついた。みんなハリー・ポッターの武勇伝ばかり話すけど、オヤジだって何度も大きな過ちを犯したんだ。僕はその一つを正したい。でもわかってるよね？　君が一緒じゃなければ僕はきっと失敗する。さあ行こう。

彼はにやりと笑う。そして上の方へ姿を消す。スコーピウスは一瞬戸惑う。彼は顔をしかめる。そして立ち上がると、アルバスのあとを追って姿を消す。

一幕　九場　ホグワーツ特急の屋根

風が四方八方から音を立てて吹いている。しかも恐ろしい強風である。

スコーピウス　スゲーー、列車の屋根の上にいるなんて、速くて、怖くて、メッチャ——楽しい……あ……

アルバス　僕の計算だともうすぐ高架橋を渡る、そこから歩いて行こう……

スコーピウス　アルバス。車内販売。

アルバス　遠足のお菓子でも買いたいのか？　ちょっと手遅れだ——さあ……

スコーピウスは指を差して方向を示す。そして、平然と近づいてくる車内販売魔女が今はアルバスの目にも見える。彼女はワゴンを押している。

車内販売魔女　車内販売、いかがですか？　かぼちゃパイに、蛙《かえる》チョコに、大鍋ケーキもございます。

アルバス　やば。

車内販売魔女　あたしゃねー。あたしゃねー、これまで目的地に着く前に人を降ろしたこたぁ一度もないんだよ。そりゃあ脱走を図った生徒はいたねぇ——シリウス・ブラックとその一味、それとウィーズリーの双子フレッドとジョージ。みーんな失敗した。だってこの列車は——途中下車されるのが大嫌いなんでね……

車内販売魔女の手がとても鋭いかぎ爪に変わる。彼女はほほ笑んでいる。そしてかぎ爪の先端から炎が出る。

車内販売魔女　さあ、席に戻って大人しくホグワーツまで行っておくれ。

アルバス　ほら高架橋——下は川だ、クッションの呪文を試そう。

車内販売魔女が近づいてくる。近づくうちに、彼女の頭部も姿を変える。

スコーピウス　アルバス。うまくいかないって。

アルバス　そうかな？　でももう遅い。モリアーレ。

彼は飛び降りる。

スコーピウス　アルバス……アルバス……

彼は下を見る。彼は近づいてくる車内販売魔女を見る。彼は鼻をつまみ、アルバスのあとを追ってジャンプする。

スコーピウス　モリアーレ。

一幕　十場　**魔法省。大会議室**

この場は大勢の魔法使いと魔女であふれかえっている。彼らはいかにも本物の魔法使いや魔女らしくがやがやと騒がしい。

ハーマイオニー　静粛に。静粛に。沈黙せよの魔法をかけるわよ。（彼女は群衆を黙らせる）どうも。魔法界は長年平和でした。ホグワーツの戦いでヴォルデモーを打ち倒してから二十二年が経ち、嬉《うれ》しいことに、戦争をまったく知らずに育った若い世代も出てきました。これまでのところは。では、ハリー、お願いします。

ハリー　数ヶ月前からヴォルデモー一味の動きが目立ってきており、何かの前兆ではないかと危惧しています。

ハーマイオニー　そしてもう一つ、最も重要な情報があります——ヴォルデモー以来なかったことですが——ハリーの傷がまた痛み出しました。

ドラコ　ヴォルデモーは死んだんだ、もういない。
ハーマイオニー　ええ、ドラコ、ヴォルデモーは死んだ、でも集めた情報を考え合わせると――ヴォルデモーが――或《あ》いはヴォルデモーの何らかの片鱗《へんりん》が――復活した可能性があるの。

これは大きな反響を呼ぶ。

ハリー　そこで、まことに恐縮ですが、その可能性を打ち消すためにお聞きします――闇の印をお持ちの方で……何か違和感を覚えた方はいませんか？
ドラコ　闇の印を持つ人間にまた偏見の目を向けるのか、ポッター？
ロン　なに言ってんだ、このポニーテール野郎、ハーマイオニーとハリーはただ――
ドラコ　こいつらの企《たくら》みがわからないのか？　ハリーは新聞にまた自分の顔写真を載せたいだけだ。ポッターの名前を世間に再び広めるには、「傷が痛い、傷が痛い」と言うのが一番だ。

ジニー　気を付けてものを言いなさいよね。

ドラコ　これがどういうことになるかわかってるのか——ゴシップ好きの連中がこの機に乗じてまたうちの息子の実の親は誰だのと馬鹿げた噂《うわさ》をたてて誹謗《ひぼう》中傷するに決まっている。

ハリー　ドラコ、今回の件はスコーピウスとは一切関係ない……

ドラコ　私個人としては、この会議は見せかけだけのでたらめとしか思えない。失礼する。

彼は出て行く。他の人々も彼のあとに続いて退出していく。

ハーマイオニー　違う。そうじゃないの……みんな戻って。戦略を練らなくちゃいけないのよ。

一幕　十一場　エイモスの部屋。セント・オズワルズ・老人ホーム

エイモスはスコーピウス、アルバスと対峙《たいじ》している。彼は怒っている。デルフィーが彼のすぐ後ろに立っている。

エイモス　ちょっと話を整理させてくれ——君は話を立ち聞きした——そして人んちに乗り込んできて、余計な口出しを——

アルバス　父はあなたに嘘《うそ》をつきました——あれは嘘《うそ》です——魔法省はタイムターナーを持ってます。

エイモス　ああ、そんなことはわかってる。さあ、帰ってくれ。

アルバス　どうして？　帰りません。僕たちあなたの手助けをしに来たんです。

エイモス　手助け？　そんなひよっこどもに何ができるって言うんだ？

アルバス　父は子供でも魔法界を変えられることを証明しました。

エイモス　だから自分にもやらせろと、自分もポッター家の人間だから？　その有名な名前を笠《かさ》に着ようってわけか？

アルバス　違います！

エイモス　既にわかっていたこととはいえ君の話を聞いて確証が持てた。ハリー・ポッターは嘘《うそ》をついた。さあ帰れ。二人とも。これ以上私の時間を取らないでくれ。

アルバス　（力をこめて）いいえ、そうはいかない。あなたが言ったんですよ――僕の父の手がどれほど多くの血にまみれているか。それを変える手伝いがしたいんです。父の過ちを一つでも改める手伝いをさせて下さい。セドリックは僕の父と一緒にいたというだけの理由で殺されてしまった。僕にはわかるんです、スペアと言われる気持ちが。どうかセドリックを取り戻す手伝いをさせて下さい。

エイモス　（声を高くして）聞こえなかったか？　お前たちを信用する根拠は一つもない。帰れ。さあ。たたき出されたいか。

彼は険悪な態度で杖《つえ》を振り上げる。アルバスは杖《つえ》を見る――彼はへこむ――気持ちがくじける。

スコーピウス　行こう、僕たちに得意なことがあるとしたら、自分が余計者だってことに気づくことだろう？

アルバスはなかなか立ち去ろうとしない。スコーピウスは彼の腕を引っ張る。彼は向きを変え、彼らは歩き出す。

デルフィー　おじさんが二人を信用した方がいい理由が一つある。

二人は足を止める。

デルフィー　自分から手を貸すと言ってくれてるのはこの二人だけってこと。

セドリックを取り戻すために危険を冒そうとしている。実際ここへ来るだけでもかなり危険だったと思うし……

エイモス　こいつらの心構えは関係ない、大事なのはセドリックだ……

デルフィー　それに——自分で言ってなかった？　ホグワーツに居る誰かが味方してくれたら——ものすごく有利だって？

デルフィーはエイモスの頭の上にキスをする。エイモスはデルフィーを見て、それから二人の少年に向き直る。

アルバス　あなたの息子さんが死んだのは不当な話です。

エイモス　（ついに感情を表して）セドリック——息子は私の人生で最高の宝物だった——そう、君の言う通り、不当な話だ——不当にもほどがある。もし君たちが本気だというなら……

アルバス　死ぬほど本気です。

エイモス　危険な目にあうぞ。

アルバス　わかってます。

スコーピウス　そうなの？

エイモス　デルフィー――お前も一緒に付いて行ってくれるか？

デルフィー　おじさんがそうして欲しいなら。

彼女はアルバスにほほ笑み、アルバスもほほ笑み返す。

エイモス　わかってるだろうが、タイムターナーを手に入れるだけで命に危険が及ぶ。

アルバス　僕たち命を懸ける覚悟はできています。

スコーピウス　そうなの？

エイモス　（真面目に）君たちの勇気を信じよう。

一幕　十二場　ハリー&ジニー・ポッターの家。寝室

ハリーが急に目覚める。真夜中に息を荒らげている。彼は一瞬待つ。自分を落ち着かせる。そして激しい痛みを感じる、額に。傷に。彼は叫ばずにいられない。

ジニー　ハリー……

ハリー　大丈夫。寝てて。

ジニー　ルーモス（*光よ）。

彼女の杖《つえ》から出た明かりが部屋中を照らす。ハリーは彼女を見る。

ジニー　大丈夫じゃないでしょう。

ハリーは何も言わない。

ハリー　アルにあの毛布をあげたのはいいアイデアだったと思う。でもそのあとがいけなかった。ジニー、僕ひどいこと言っちゃった……

ジニー　うん聞いてた。

ハリー　それでも君はまだ僕と口をきいてくれるんだね？

ジニー　だって、時期が来ればあなたは自分の過ちを認めて謝るだろうし、本気で言ったわけじゃないでしょう。でもあれで——ほかの事が色々隠れてしまったわね。ハリー、アルには正直になんでも話して……あの子に必要なのはそれだけよ。

ハリー　あいつもジェームズやリリーみたいな子でいてくれたらと思うよ。

ジニー　そうね、でもそこまで正直に言わなくてもいい。アルバスは違う。そこがいいところだもん。ホグワーツにしても、合う人と合わない人がいる。それにあの子にはわかるのよ——「あ、今

ハリー　パパはハリー・ポッターの顔をしている」って。本当のあなたに会いたいのに。

ジニー　「真実は美しく、そして恐ろしい、だからものすごく慎重に扱わなければならない」。

ハリー　(彼は妻を見て肩をすくめる) ダンブルドア先生の言葉。

子供にそんなこと言ったんだ。

その子が世界を救うために死ぬかもしれないと思ったら、言うだろう。

突然一羽のフクロウが部屋に入ってくる。低空飛行をしてハリーの枕に手紙を一通落とす。

ジニー　こんな遅い時間にフクロウ便が来るなんて。

ハリーは手紙を開ける。驚く。

ハリー　マクゴナガル先生からだ。

ジニー　なんて？

ハリーは手紙にぐっと顔を寄せる。

ハリー　アルバスだ――アルバスとスコーピウスが――学校に着いてない――いなくなった。

一幕　十三場　魔法省の近くの人目につかない所

スコーピウスは目を細めて一本のボトルを見ている。

スコーピウス　でも質問が三つある。その1、ポリジュースって痛い？

デルフィー　とってもね――私が知る限りでは。

スコーピウス　ありがとう。よかった――先に聞いといて。質問その2――どっちかポリジュースの味知ってる？　前に聞いたことがあるんだ――魚の味がするって。もしそうなら僕吐くよ。魚は苦手なんだ。昔から。これからも。

デルフィー　大丈夫、よけるから。

スコーピウス　質問その3。これ絶対に効くの？　だって姿を変えて魔法省に潜り込むなんて。ちょっとやばいよね。いやメチャクチャやばいじゃん――

デルフィーは一気に薬を飲む。

スコーピウス　あー。

デルフィー　魚の味じゃあない。（彼女は姿を変え始める。痛い）あー！　って言うか、すごく美味しい。あー！　痛いけど……（彼女はゲップをする、大きな音で）うっ。訂正。あー！　やっぱり――あー！　ちょっと――（彼女は再びゲップをしてハーマイオニーになる）ちょっと――ものすごーく――後味は魚。

スコーピウス　ウィゾー。

アルバス　ダブルウィゾー。

デルフィー／ハーマイオニー　そんなに変わった気がしないんだけど――あ、声がハーマイオニーになってる！　トリプルウィゾー。

アルバス　よし。次は俺だ。

スコーピウス　待って。だーめだめだめ。やるなら一緒にやろう。

アルバス　さん。に。いち。

二人は背中合わせになる。飲み込む。

アルバス　うん、うまい。あ、まずくなってきた。（二人は変身する。アルバスはロンに。スコーピウスはハリーに）

スコーピウス　無理無理無理……

ハリー／スコーピウスは振り返る。二人は見つめ合う。

「うぉぉぉぉ」と叫ぶ。

アルバス／ロン　ちょっとこれ不気味だな？

スコーピウス／ハリー　お前は自分の部屋へ行って勉強でもしてろ。どうしてこんなひどい息子になっちまったんだ。

アルバス／ロンはだんだんと強く顔をしかめてスコーピウス／ハリーを見る。

アルバス／ロン　おい、スコーピウス！

スコーピウス／ハリー　君が言い出したんだろう――僕がハリーで、自分はロンになるって！　ちょっとくらい遊んだっていいじゃないか……（ゲップをする）完璧に魚だ。

デルフィー／ハーマイオニー　行くわよ。

三人は電話ボックスに入る。62442をダイヤルする。

電話ボックス　ようこそハーマイオニー・グレンジャー。ようこそハリー・ポッター。ようこそロン・ウィーズリー。

一幕　十四場　魔法省。小会議室

ハリー、ハーマイオニー、ジニー、ドラコがテーブルを囲んでかがみ込むように立っている。全員怯《おび》えている。

ジニー　マグルからは魔法が使われたっていう報告は上がってきていないの？

ハーマイオニー　今のところは。「闇祓《やみばら》い」たちが闇の魔術の関係者を今調査中だから……

ドラコ　二人の失踪《しっそう》とデス・イーターは関係ない。今どき闇の魔術に心酔している馬鹿者どもに何ができる。息子はマルフォイ家の人間だ、やつらに手が出せるものか。それと、スコーピウスは人についていくタイプでリーダーシップはとれない、私があれほど教育したのに。だから列車から降りたのもアルバスが指図し

ジニー　たに違いない……
ハリー、二人は自分の意志で逃げた、あなただってそれはわかっているはずよ。

ドラコは夫婦が見つめ合っていることに気づく。

ドラコ　え？　わかってるって？　私たちに何か隠してるのか？

沈黙が訪れる。

ハリー　アルバスと喧嘩《けんか》したんだ、出発の前の日に。
ドラコ　で……
ハリー　で、お前が息子じゃなければいいと思ってると言った。

またしても沈黙が訪れる。深く強力な沈黙である。それからドラコは険悪な態度でハリーの方へ一歩踏み出す。

ドラコ　スコーピウスの身に何かあったら……

ジニーがドラコとハリーの間に入る。

ジニー　ドラコ、脅すような真似《まね》はやめて、お願い。

ドラコ　（怒鳴って）息子が行方不明なんだ！

ジニー　（怒鳴り返して）うちの子もよ！

彼は彼女の視線を受け止める。この部屋は昂《たか》ぶる感情で満ちている。

ドラコ　（唇をねじ曲げて、父親そっくりに）金貨がいるなら……マルフォイ家にあるものは全て出す……あの子は私のたった一人の跡継ぎだ……私の……たった一人の家族だ。

ハーマイオニー　ドラコありがとう、魔法省には蓄えがたっぷりあるから大丈夫よ。

ドラコは出て行こうとする。立ち止まる。ハリーを見る。

ドラコ　過去にお前が何をしたかも、誰を救ったかも私にはどうでもいい、ハリー・ポッター、我が家にとってお前は永遠の災いだ。

一幕　十五場　魔法省。廊下

スコーピウス／ハリー　ねえ本当にその部屋なの？

警備員が歩いて通り過ぎる。スコーピウス／ハリーとデルフィー／ハーマイオニーはそれらしく見えるよう演技をする。

スコーピウス／ハリー　はい、大臣、これは是非魔法省で検討すべき案件であると考えます、はい、はい。

警備員　ご苦労様です。

デルフィー／ハーマイオニー　では一緒に検討しましょう。

警備員はそのまま歩いて行き、彼らは安堵《あんど》のため息を漏らす。

デルフィー／ハーマイオニー　ここよ、魔法大臣の執務室。

　彼女はドアを指す。突然物音が聞こえてくる——デルフィー／ハーマイオニーは片手を上げる。二人はすぐに黙る。

ハーマイオニー　（オフで）ハリー……それちゃんと話し合わないと……

ハリー　（オフで）話し合うことは何もない。

デルフィー／ハーマイオニー　あ、やば。

ハーマイオニー　（オフで）優秀な人員を揃《そろ》えて、まず学校から捜索を始めて沿線をくまなく……

アルバス／ロン　ハーマイオニーとオヤジだ。

スコーピウス／ハリー　よし。隠れよう。って、場所がない。

デルフィー／ハーマイオニー　しょうがない——執務室に。

アルバス／ロン　ハーマイオニーの部屋だよ。

デルフィー／ハーマイオニー　ここしかないんだから。

彼女はドアを開けようとする。再び開けようとする。

スコーピウス／ハリー　下がって。アロホモーラ（＊開け）。

彼はドアに杖《つえ》を向ける。ドアがさっと開く。

スコーピウス／ハリー　アルバス。彼女を引き留めといて。君がやらないと。

アルバス／ロン　僕が？　どうして？

デルフィー／ハーマイオニー　私たちはだめでしょう？　あの人たちなんだから。

小競り合いがあって、アルバス／ロンが一人だけドアの外に立たされることになり、そこへハーマイオニーとハリーがやって来る。

ハリー　ハーマイオニー、それで禁じられた森にいなかったらどうすアルバス／ロン　る？　これは僕のせいなんだ、アルバスは――

ハーマイオニー　無理無理無理無理……出来ないって……

アルバス／ロン　ロン？

ハーマイオニー　サプラーイズ！！！

アルバス／ロン　ここで何やってるの？

アルバス／ロン　自分の妻に会うのに言い訳が必要かい？

彼はハーマイオニーにしっかりとキスをする。

ハリー　じゃあ僕はこれで……

ハーマイオニー　ハリー、もっと全体のことを考えて……アルバスに言ったことはそりゃあ……

アルバス／ロン　なんだ、その話か、僕のことを……（彼は訂正する）アルバスのことを自分の息子じゃなきゃいいのにって言っちゃったやつね。

ハーマイオニー　ロン！

アルバス／ロン　はっきり言った方がいい、というのが僕の意見だ……
ハーマイオニー　アルバスだってわかってくれる……誰にでも本気で思っていないことを言ってしまう時があるって。きっともうわかってる。
アルバス／ロン　でも本気で思ってることを言っちゃう時もあるよね……
ハーマイオニー　ロン、今はその話いいから、真面目に。
アルバス／ロン　だよねぇ。じゃあね、ダーリン。

ハーマイオニーは自分の執務室に入ろうとする。アルバス／ロンが腰を振って行く手をふさぐ、一度、もう一度。

ハーマイオニー　なんで邪魔すんのよ？
アルバス／ロン　してないよ。邪魔なんて。全然。

彼女は再度ドアへ向かう、彼が再度行く手を阻む。

ハーマイオニー　してるじゃない。部屋に入らせて、ロン。
アルバス／ロン　もう一人子供作ろう？

ハーマイオニーは彼をよけて通ろうとする。

ハーマイオニー　はぁ？
アルバス／ロン　それかバカンスに行こう。子供かバカンスかどっちか、どうしても欲しい。あとでゆっくり相談しよう、ダーリン？

彼女は最後にもう一度部屋に入ろうとする、彼はキスで彼女の邪魔をする。かなりのもみ合いとなる。

アルバス／ロン　「漏れ鍋亭」で一杯飲みながら、ね？　愛してるよ！
ハーマイオニー　（和んできて）私の部屋でまたロマンチックな花火を打ち上げてんじゃないでしょうね!?（彼女はあれこれ考えて、決断を下す）ま、いいわ。どっちみちマグルに最新情報を伝えなきゃいけないし。

彼女は出て行く。

彼はドアの方へ向き直る。彼女が再び入ってくる。

ハーマイオニー　子供かバカンスか？　ロン、あなた時々自分が度が過ぎたことを言うって知ってた？

アルバス／ロン　だから俺と結婚したんだろう？　この規格外のジョークのセンス。

ハーマイオニー　それと魚の味がしたんだけど！　フィッシュアンドチップスは禁止したでしょ、そのお腹《なか》。

アルバス／ロン　ばれたか。ごめん！

彼女は出て行く。

一幕　十六場　魔法省。ハーマイオニーの執務室

ハーマイオニーの執務室に、スコーピウス／ハリーと、デルフィー／ハーマイオニーと、アルバス／ロンがいる。

アルバス／ロン　まじでヤバすぎる。

デルフィー／ハーマイオニー　よくやったわ。うまく阻止したじゃない。

スコーピウス／ハリー　褒めたらいいのかけなしたらいいのかわからないよ、自分の伯母さんにあんなに何度もキスしちゃって。

デルフィー／ハーマイオニー　ハーマイオニー・グレンジャーならタイムターナーをどこに隠すと思う？　本棚ね。

スコーピウス／ハリー　ここにある本、気がついた？　かなりやばい本もある。閲覧禁止の書庫にある本が全部。それと、他にも。『魔法使いのソネット』なんて――ホグワーツには持ち込むことも許されてな

い――

アルバス／ロン　『影と霊魂』。

スコーピウス／ハリー　見てこれー。ひゃー、シビル・トレローニーが書いたやつ、『我が目とその先を見る方法』。占いの本だ。ハーマイオニー・グレンジャーは占いが大嫌いなのに。これはめっけもん……

彼は本棚から本を引き出す。するとそれが落ちて開き、喋《しゃべ》る。

本　一番目は四番目、がっかりな成績。動詞が過去の形になる時。

スコーピウス／ハリー　おお。

本　二番目は二足歩行の綺麗《きれい》じゃない方。汚く、毛深く、染色体のヘンな方。

アルバス／ロン　なぞなぞか。

本　三番目は岩山登ったー、道を曲がったー、その時終わりに何が来たー？

デルフィー／ハーマイオニー　それ、武器になってる。彼女、自分の蔵書を武器に変えたのよ。タイムターナーは間違いなくここにある。なぞなぞを解けば見つかるはず。

アルバス／ロン　一番目は、四番目で悪い成績って、あ、ＡＢＣ……Ｄ！

蔵書がデルフィー／ハーマイオニーを飲み込もうとし始める。

スコーピウス／ハリー　二番目は二足歩行で汚くて、染色体が……

デルフィー／ハーマイオニー　（必死になって）男！　メン！　ディー・メン――終わりに何が来たー……ター。ディー・メン・ター。＊ディメンター（＊吸魂鬼）の本を探して。（本棚が彼女を引き込む）アルバス、アルバス！

アルバス／ロン　デルフィー！　何、どうなってんの？

スコーピウス／ハリー　集中しろ、アルバス。

アルバス／ロン　あった。『支配するディメンターたち――アズカバンの真の歴史』

その本がぱっと開き、スコーピウス／ハリーの方へどう猛に動き回ってくるので彼はよけるが、その拍子に転んで本棚にぶつかる、すると本棚が彼も飲み込もうとし始め、それと同時に『支配するディメンターたち』がなぞなぞを言い出す。

本　檻《おり》の中で生まれた私
　　怒りでその檻《おり》粉砕し
　　我がゴーントの血の陰鬱《いんうつ》
　　リドルを解いてふるい立つ
　　真なる我を解き放つ

同時［アルバス／ロン
　　　スコーピウス／ハリー　ヴォルデモー。

デルフィーが本の間から飛び出してくるが、元の彼女になっている。

デルフィー　急いで！

彼女は叫びながらまた引き込まれる。

アルバス／ロン　デルフィー。デルフィー。

彼は彼女の手を摑《つか》もうとするが、彼女の姿は消える。

スコーピウス／ハリー　デルフィー元の姿に戻ってたね——気づいた？

アルバス／ロン　いや、それどころじゃなかったから。本棚に飲み込まれちゃった。早く探さないと。何かないか？　奴《やつ》に関する本。『スリザリンの後継者』、これか？

彼がその本を本棚から引き抜くと、それが引っ張り返し、スコーピウス／ハリーがアルバス／ロンに強く倒れかかり、アルバスが本（複数）の中に突っ込んで、本（複数）

が彼をぱっくりと飲み込む。

スコーピウス／ハリー　アルバス？

アルバス／ロン　スコーピウス！

スコーピウス／ハリー　アルバス？

アルバス／ロン　スコーピウス！

スコーピウス／ハリー　わかった。それじゃないってことだな。ヴォルデモー。ヴォルデモー。ヴォルデモー。『マルヴォーロ——真実』これだ……

彼は引っ張り出して開く。本はまたしてもゆらゆら揺れ動いて、四方八方に光を発し、先ほどより低い声で話す。

本　いまだ姿を見せぬまま
お前で、私で、そしてこだま
時には前に、時には後ろに

いかなる時も、お前とともに。

アルバスが本の間から顔を出す。元の姿に戻っている。

スコーピウス／ハリー　アルバス……

彼はアルバスを摑《つか》もうとする。

アルバス　こっちはいいから。先に——考えろ。

スコーピウス／ハリー　無理だよ……そしてこだま——ってなんだ？　僕は考えるしか能がないけど、必要に迫られると考えられない。

本が彼を引き込もうとする。彼は抵抗する。しかし力が足りない。すぐに彼は姿を消す。沈黙が流れる。

そしてバンという音――本が雪崩となって本棚から落ちる――そして元の姿に戻ったスコーピウスが現れる。

スコーピウス　だめだ、集中して考えろ。お前とともに。時には後ろに。時には前に。待って。あ、そうか。影だ。君、影だね。『影と霊魂』。これか……

彼は本棚に上る、すると本棚が彼に向かって上がってきて恐ろしい。彼が一歩進むごとに彼に摑《つか》みかかる。彼がその本を手に取ると、たちまちしんと静まる。全ての動きが止まる。彼は本棚を制圧したのである。

そして、アルバスとデルフィーが本棚から床へと転がり落ちてくる。

スコーピウス　僕たち勝った。ハーマイオニーの蔵書に勝った。

デルフィー　ワォ。すっごいアトラクション。

アルバス　それか？　スコーピウス？　その中に何が？

スコーピウスは本を開く、中でタイムターナーが回転している。

スコーピウス　ここまでできるとは思わなかった。

アルバス　おい、まだタイムターナーを手に入れただけだ。次はセドリックを救う。僕たちの旅はまだ始まったばかりだ。

デルフィー　次は禁じられた森よ。

スコーピウス　(皮肉で) お、いいね、あそこは絶対危なくないもんね。

一幕　十七場　禁じられた森の端

禁じられた森が我々の目の前に壮大に広がっている。不気味な美しさをたたえたシュロの茂み。その真ん中でアルバスとデルフィーが杖《つえ》を持って向き合っている。

アルバス　エクスペリアームス（*武器よ、去れ）。

デルフィーの杖《つえ》が空中に飛ぶ。

デルフィー　おぼえが早いわね。アルバス・セブルス・ポッター、あなたはきっと偉大な魔法使いになる。

アルバス　でもあなたが一緒にいて——もっと教えてくれないと——

スコーピウスが舞台後方に姿を現す——彼は友人が若い女性と話しているのを見

る――彼の心の中にはそれをいいと思える部分もあるが、思えない部分もある。

デルフィー　もちろん、ずっと一緒にいる、私たち友だちだもんね？

アルバス　うん。そう。友だち。絶対友だち。

デルフィー　よかった。ウィゾー！

スコーピウス　何が「ウィゾー」なの？

スコーピウスが舞台へ出てくる。

アルバス　呪文を習得した。基礎の基礎だけど苦手だったやつ――でももうエクスペリアームスはまかせろ。

スコーピウス　僕の方は学校までの道を見つけた。ウィゾー、ウィゾー、だろ？　でもこの作戦、本当にうまくいくのかな……

デルフィー　いくわよ。

アルバス　見事な作戦だ。セドリックが殺されないようにするには、三校

スコーピウス　対抗戦で彼が優勝しなければいい、勝たなければ殺されない。

アルバス　それは僕にもわかる、けど……

デルフィー　だから出だしでセドリックのチャンスを徹底的に潰す。最初の課題はドラゴンから黄金の卵を取って来ること。さて、セドリックはどうやってドラゴンの気を逸らしたのでしょうか？（デルフィーが片手を上げる）ディゴリーさん。

アルバス　岩を犬に変えました――

スコーピウス　正解、だからエクスペリアームスで彼の杖《つえ》を奪う。

デルフィー　説明を聞く限りじゃいい作戦だと思うよ、理論的にはね、でも実際やるとなると――水を差したくはないけど――またここに戻れる保証もないのに時間をさかのぼるってのは――刺激は、ある、分別は、ない――ねえ、試しに一時間くらいさかのぼってみてから――

そんな時間ないって――学校のこんな近くに待機してるだけでものすごく危険なんだから――もうみんなあなたたちのこと探

してるだろうし。さあ、これ着て。

彼女は大きな紙袋を二つ取り出す。少年二人はその中からローブを引っ張り出す。

アルバス　あれ、これダームストラングのローブじゃん。

デルフィー　だってホグワーツのローブを着てたら、誰これ？　ってなっちゃう。でも招待された学校のローブなら背景に溶け込めるでしょ？

アルバス　すごいアイデアだ！　待って、デルフィーのローブは？

デルフィー　アルバス、ありがとう、でもさすがに私、生徒には見えないでしょ――
今日あなたは、他の人にはないチャンスを手にした――歴史を――時間そのものを変えるチャンス。でもそれ以上に、これは一人の老人に息子を返してあげるチャンスだってことを忘れないで。

彼女はほほ笑む。彼女はアルバスを見る。彼女は屈んで彼の両頰にそっとキスをする。

彼女は森の中へ歩き去る。アルバスは彼女の後ろ姿をじっと見つめる。

スコーピウス　僕にはキスしなかった――ねえ気がついてた？（彼は彼の友人を見る）アルバス、大丈夫？　汗かいてるよ。顔赤いし。汗かいて赤くなってる。

アルバス　よし、やるぞ。

一幕　十八場　禁じられた森

森がどんどん成長し、ますます繋っていくように思えるが、その木々の間から――光のともった複数の杖《つえ》と人々が見える――行方不明の魔法使いを探している。しかし人々はゆっくりと離れていき、最後はハリー一人となる。

ハリー　　アルバス。スコーピウス。アルバース！

そして蹄《ひづめ》の音が聞こえてくる。ハリーははっとする。彼はその音がどこから聞こえてくるのか確かめようと周囲を見回す。

突然ベインが照明の中へ歩み出る。彼は立派な体格のケンタウロスである。

ベイン　　ハリー・ポッター。

ハリー　ベイン。
ベイン　お前は歳はとったが賢くはなっていない。懲りずに我らの土地へ足を踏み入れた。
ハリー　息子が行方不明なんだ。助けてくれないか？

間。ベインは尊大な態度でハリーを上から見る。

ベイン　知っていることだけを話す……しかしお前のためではなく、我が群れのためだ。ケンタウロスにはもう戦いは必要ない。
ハリー　わかった。……ベイン頼む。
ベイン　ハリー・ポッター、私はお前の息子を見た。星の動きの中で。
ハリー　星の動きの中で？
ベイン　どこにいるのかはわからない。どうしたら見つかるのかもわからない。
ハリー　でも何かが見えたんだね？　そして君は何かを予見した？

ベイン　お前の息子の周りに黒い雲が立ち込めている、危険な黒い雲。
ハリー　アルバスの周りに？
ベイン　我々みなを危険にさらしかねない黒い雲。お前は息子を見つけるだろう、ハリー・ポッター。だがそのあと息子を永遠に失うかもしれない。

彼は馬の叫び声のような声を上げる——それから決然と去って行く——あとには困惑したハリー・ポッターだけが残る。

ハリー　アルバス。アルバス。アルバス！

一幕　十九場　禁じられた森の、先ほどとは別の場所

スコーピウスとアルバスが木々の隙間から顔を覗《のぞ》かせる……木々の隙間からは……荘厳な光が漏れる……

スコーピウス　ほら、あそこ……ホグワーツ。
アルバス　こんな光景見たことない。
スコーピウス　いまだに興奮するよね？　ホグワーツを見ると？

そして木々の間からホグワーツが現れる——球根状の建物群と数々の塔から成る壮大な建造物。

スコーピウス　初めて聞いた時から入学するのが待ち遠しかった。
アルバス　で、入ってみたらひどいところだったってわけか。

スコーピウス　ううん、僕にはそんなことなかった。僕の夢はホグワーツに行って、一緒にメチャクチャやれるような友だちを作ることだった。ハリー・ポッターみたいに。そしたら彼の息子と友だちになれた。

アルバス　僕はオヤジとは全然似てないけど。

スコーピウス　うん、君の方がいいよ。

二人の耳にロンが遠くから呼ぶ声が聞こえてくる。

ロン　（オフで）アルバス？　アルバス？

アルバス　もう行かなきゃ——さあ。

アルバスはスコーピウスからタイムターナーを取り、杖《つえ》でそれを軽く叩《たた》く、それは振動し始め、そしていきなり猛烈に動き出す。

その動きにつれて舞台が変化し始める。少年二人はそれを見つめる。

アルバスはタイムターナーを宙に掲げる。スコーピウスもまねる。二人は木の背後に回る。

すると巨大な閃光《せんこう》が走る。砕けるような音がする。

そして時間が止まる。そして時間は向きを変え、少し考えてから、最初はゆっくりと戻り始める……

そしてスピードアップする。

一幕　二十場　**三大魔法学校対抗試合。一九九四年**

そして突然ホグワーツの競技グラウンドに生徒がぎっしり入っている。

ルード・バグマン　（オフから声が聞こえるが最大限に拡声されている）レディース・アンド・ジェントルメン——ボーイズ・アンド・ガールズ——本日は地上最大——最強——唯一無二の魔法学校対抗戦、トライ・ウィザード・トーナメントをお届けします。

大音量の拍手喝采が起きる。

ホグワーツ校の皆さん、ご声援お願いします。

大音量の拍手喝采が起きる。

ダームストラング校の皆さん、ご声援お願いします。

大音量の拍手喝采が起きる。

そして、ボーバトン校の皆さん、ご声援お願いします。

少し弱々しい拍手喝采が起きる。

フランスの皆さんは少し熱意が足りないかな。
ではみなさん――ご静粛に。まず――第一の――課題。黄金の卵。
それをどこの、誰の巣から取ってくるかと言えば――レディース・アンド・ジェントルメン、ボーイズ・アンド・ガールズ、
それは――ドラゴン。

炎と叫び声が上がる。

子供のハーマイオニー　ちょっとあなた、そんな近くに立って私に息吹きかけないでよ。

スコーピウス　ローズ？　ここで何やってんの？

子供のハーマイオニー　ローズって誰？　あら、あなたずいぶん英語が上手ね？

アルバス　（ブルガリアのアクセントで）ごめなさい。ハーマイオニー。彼、あなたと別の人、間違えました。

スコーピウス　（ブルガリアのアクセントで）間違えました。

子供のハーマイオニー　あなた、どうして私の名前を知っているの？

ルード・バグマン　では早速、最初のチャンピオンにご登場願いましょう——スウェーデン・ショート・スナウト・ドラゴンに立ち向かうのは——セドリック・ディゴリー。

セドリック・ディゴリーが舞台を歩いていくと全員の視線が注がれるが、子供のハーマイオニーだけは二人の少年を怪しんで見ている。

ルード・バグマン　セドリック・ディゴリーの登場です。闘志に燃えてます。恐れてはいても闘志は満々。こっちへよける。あっちへよける。さあ、急降下して立て直せるか、女子たちは気絶しそうだ。一斉に声を上げる——私たちのディゴリーを傷つけないでー、ミスター・ドラゴン。

再び下に向かって炎が吹き出される。

スコーピウス　アルバス、何かへんだ。時計がぶるぶる言ってる。
ルード・バグマン　セドリック左に飛ぶ、右に下がる——そして杖《つえ》を構えて——
アルバス　（杖《つえ》を振って）エクスペリアームス！
ルード・バグマン　——いや、どうした——セドリック・ディゴリーの杖《つえ》が奪われてしまった——

スコーピウス　アルバス、タイムターナーがおかしいんだってば……
ルード・バグマン　これはディゴリーまずいことになりました。彼の課題はここまでか。これより先へは行けないのか。

スコーピウスはアルバスを摑《つか》む。

チクタクという音が次第に大きくなり、閃光《せんこう》が走る。アルバスは痛みに叫び声を上げる。

スコーピウス　アルバス。怪我したの？　大丈夫――
アルバス　どうなった？
スコーピウス　このタイムターナーにはタイムリミットがあるみたいで……
アルバス　セドリックの杖《つえ》は奪えた。どう、何か変わった？

突然舞台に人が入ってくる――ハリー、ロン（髪を七三に分けている）、ジニー、ドラコ。スコーピウスは彼らを見て――タイムターナーをポケットに滑り込ませる。アルバスも彼らを見るが意識がもうろうとしている――激しい痛みに襲われている。

スコーピウス　結果はすぐわかるよ。

ロン　ほら、言っただろう。二人を見たって。

アルバス　やあ、パパ。どうかしたの？

ハリー　どうかしたのじゃないだろう。

アルバスはばたんと倒れる。

一幕　二十一場　**ホグワーツ。病棟**

アルバスが病棟のベッドで寝ている。ハリーがその隣で心配そうに座っている。彼らの上方には、優しそうな男性の絵が掛かっている。ハリーは目をこする――立ち上がる――部屋を歩き回る――腰を伸ばす。

そしてその絵と目が合う。絵は相手が自分に気づいて驚いた様子である。ハリーも驚いて見せる。

ハリー　ダンブルドア先生。

ダンブルドア　こんばんは、ハリー。

ハリー　ずっと会いたかったんです。最近はいつ校長室へ行っても額縁の中が空っぽで。

ダンブルドア　さぞ辛《つら》かろう、自分の子供が苦しんでいるのを見るのは。

ハリーはダンブルドアを見上げ、それからアルバスを見下ろす。

ハリー　この子にあなたの名前を付けたことをどう思われたか、お聞きしたいと思ってたんです。

ダンブルドア　正直言って、ハリー、この子には大変な重荷だろうと思った。

ハリー　先生の助けが必要なんです。ベインに言われました、アルバスは危険にさらされていると。僕はどうしたら息子を守れるでしょう？

ダンブルドア　よりによってこの私に聞くのかい、恐ろしい危険にさらされている少年をどうしたら守れるか？　若い者が傷つくのを防ぐことはできない。苦痛はどうしたって訪れる。

ハリー　では手をこまねいて見ていろと？

ダンブルドア　いや。人生への立ち向かい方を教えるのが君の役目だ。

ハリー　無理です。僕の話を聞こうともしないんだから。

ダンブルドア　おそらくこの子は、君が先入観なしに自分を見てくれるのを待っているんだ。ありのままの姿を見てやらないといけないよ、ハリー。何がこの子を傷つけているのかを見極めなくては。愛情で目が見えなくなってはいけない。

ハリー　何がこの子を傷つけているのか？　それを言うなら誰が、でしょう？

ダンブルドア　いや、私の意見などもはや何の意味がある？　私はただの絵の具と記憶だよ、ハリー、絵の具と記憶。それに私には息子がいなかった。

アルバス　（眠ったままもごもごと）パパ？

ハリー　黒い雲、それは人なんでしょう？　モノではなくて。

アルバス　パパ？

ハリーはアルバスを見て、それから視線をダンブルドアに戻す。しかしダンブルドアはいなくなっている。

ハリー　あ、またいなくなった。

アルバス　ここ――ホグワーツの病棟？

ハリー　（優しく）どこへ行ってたんだ、アルバス？　ママは心配で病気になりそうだった……

アルバスは見上げる、彼は大変な嘘《うそ》つきである。

アルバス　僕たち、学校へ行くのはやめようって決めたんだ。やり直せるんじゃないかと思ってさ――マグルの世界で――でもそれは間違いだってわかった。それでホグワーツに戻ってきたところで見つかっちゃった。

ハリー　スコーピウスか――言い出したのは？

アルバス　スコーピウス？　違う。僕だよ、先に言い出したのは、ほとんど全部……

ハリーは考える、そしてまた考える。独断的な決断を下す。

ハリー　スコーピウス・マルフォイからは離れてなさい。

アルバス　え？　僕の親友だよ？　たった一人の友だちなんだよ？

ハリー　彼は危険だ。

アルバス　スコーピウスが？　危険？　パパ会ったことあるの？　本気でスコーピウスをヴォルデモーの息子だと思ってるなら……

ハリー　ベインに聞いたんだ――お前の周りに黒い雲が立ちこめていると――お前を使ってハリー・ポッターをおびき寄せる、それがやつらのやり口だ。

アルバスは一瞬躊躇《ちゅうちょ》する、それから顔がひきしまる。

アルバス　いやだ。僕はスコーピウスから離れない。そんなことさせない。

ハリーは息子を見る、思考を素早く巡らせながら。

ハリー　いや、させてもらう。地図がある。昔は良からぬことを企《たくら》む人間が使ったんだが。今回はこれで監視する――お前を、二十四時間。お前の動きを逐一見張ってくれるようマクゴナガル先生に頼んでおく。スコーピウスと一緒にいたら、先生が飛んで来るぞ。ホグワーツを抜け出そうとしても、先生が飛んで来る。スコーピウスと一緒に受ける授業はひとつもない、休み時間もずっと自分の部屋にいるんだ！

その間にうちの部署で調査も始める、スコーピウスの本当の血筋について。

アルバス　（泣き出して）やめてパパ――だめだよ――そんなこと……

ハリー　私はずっと自分のことをいい父親ではないと思っていた、お前に好かれないから。今やっとわかった、必要なのは好かれることじゃなくて、従わせることだ、私は父親で、お前よりはるかにものがわかっているんだから。

一幕　二十二場　**ホグワーツ。階段**

アルバス　もしまた僕が脱走したらどうする？　僕脱走するよ。
ハリー　アルバス、ベッドに戻れ。
アルバス　また逃げ出してやる。
ロン　いいや。だめだ。

ロンが階段に座っている。今は過度に好戦的な七三分けになっていて、ローブはすこし寸足らずである。

アルバス　ロン伯父さん！　ああよかった、ダンブルドア様。伯父さんのジョークが一発欲しいと思ってたところなんだ……
ロン　ジョーク？　ジョークなんて知るもんか。
アルバス　何言ってんだよ。ジョーク・ショップのオーナーのくせに。

ロン　ジョーク・ショップ？

ハリー　ロン、こんなところで何やってんだ？

ロン　パンジュがまたグレンジャー先生と面倒を起こしやがった。「吼《ほ》えメール」を送ろうと思ったんだけどパドマに直接行ってこいって言われてさ。

アルバス　パドマって誰？　パンジュって？

ロン　パンジュ、君のいとこだろう？　パドマは君の伯母さん、俺の奥さん。

アルバス　でも……ロン伯父さん、ハーマイオニーと結婚してるじゃないか。

ロン　ハーマイオニーィー。グレンジャー先生？　おいおいおいおい。びっくりマーリン。

ハーマイオニー　立って歩けるようになってよかったわね、ポッター君。

ハーマイオニーが反対側から階段を上がってくる。ロンは彼女を見て心臓発作を起こしそうである。

アルバス　ハーマイオニー？　ハーマイオニーだ！　ほら、ロン伯父さんの奥さんだよ。

ハーマイオニー　ポッター君は何を言ってるの？

ロン　たわごとだってば。たわけてる。たわけ語しか喋《しゃべ》れなくなってる。

ハーマイオニー　そうなの、ミスター・ウィーズリー？　まあいいわ。授業に遅刻ですよ。ポッター君。

ロン　ハーマイオニー、久しぶり、嬉《うれ》しいよ、また会えて。

ハーマイオニー　（疑わしそうに）本気で言ってる？

ロン　本気本気。会いたかったぁ――あい……あ、いや、愛の話をしているわけじゃないよ……

彼らはそっけなく互いに脇へどく。ロンは彼女を見つめる。彼の心は破れたエア・*

キャッスルのように膨らんで、しぼむ（＊空気で膨らませるお城の形の遊具）。

ハーマイオニー　そうよね。ほら遅刻よ、ポッター君。

ハリー　ロン、どうした？

ロン　グレンジャー先生、ちょっとパンジュのことでお話が……

彼はよろよろとハーマイオニーのあとを追う。アルバスは信じられない気持ちで見ている。

アルバス　ハーマイオニーは先生なの？　大臣の仕事をしながらよく先生までできるね？

ハリー　アルバス、何を企《たくら》んでるのか知らないが、無駄だぞ、パパの決心は変わらない。言われたとおりにするんだ。さもないともっと大変な――取り返しのつかないことになる――いいな？

スコーピウス　アルバス？　治ったんだね。よかった。

今はスコーピウスがいる。もちろん、いる。

ハリー　ああ、もうすっかり。失礼、アルバス、行くぞ。

アルバスはスコーピウスを見上げる、心が傷ついている。彼は歩いて行く。

スコーピウス　どうかしたの？

アルバスは階段を上がって行く。そして立ち止まる。

アルバス　どうだった？　うまくいった？

スコーピウス　ううん、それが……

ハリー　アルバス。これが最後通告だ。

アルバスは父親と友人の板挟みになっている。

アルバス　だめなんだよ、僕。

スコーピウス　何がだめなの？

アルバス　だから――僕たちは一緒にいちゃだめなんだよ、いい？

スコーピウスは一人取り残されてアルバスの後ろ姿を見上げている、何がどうなっているのかわからないままに。

一幕　二十三場　ホグワーツ。校長室

マクゴナガル先生が地図を手に戸惑っている。ハリーとジニーがその脇に立っている。

マクゴナガル　「忍びの地図」の本来の使用目的とは違うように思いますが。二人が一緒にいるのを見たら、すぐに駆けつけて引き離して下さい。

ハリー　ハリー、本当にそれでいいんですか？　ケンタウロスの知恵は

マクゴナガル　私もゆめゆめ疑っていませんが、ベインは極端に怒れるケンタウロスですから……自分の目的のために星の配置をねじ曲げないとも限りません。

ハリー　私はベインを信頼しています。デス・イーターがまた僕に近づこうとしている――可哀想《かわいそう》にアルバスはずっと苦しんでいる――

マクゴナガル　あのマルフォイのせいで――

スコーピウスのことを言っているんですか？　この国で一番優秀な魔法使いたちがアルバスを検査しましたが、不吉な魔法や呪いを掛けられた形跡はありません。

ハリー　でもダンブルドアが――ダンブルドア先生が言ったんだ――

マクゴナガル　ダンブルドア先生？

ハリー　先生の肖像画と話したんです。僕は愛情で目が見えなくなっていると言われて――

マクゴナガル　ダンブルドア先生は亡くなったんですよハリー。校長の肖像画は思い出の記録です。確かに、決断を迫られたら私も歴代校長の肖像画に援助を仰ぎます。でも、この仕事を引き継いだときに忠告されました、肖像画を人と取り違えてはいけないと。あなたにも同じ忠告をします。

ハリー　でもその通りだったんです。今の僕の弱点はアルバスだ。

ジニー　つまりハリーが言いたいのはこれにはもっと……

ハリー　僕は前々からアルバスに嫌われていた。これでまた嫌われるかもしれない。でも危険は防げる。マクゴナガル先生、先生のことは心から尊敬していますが――先生には子供がいないから――

ジニー　ハリー！

ハリー　……先生にはわからないんだ。この地図があればアルバスがどこにいるのか二十四時間わかります――どうかこれを使って下さい。先生が監視を怠っているとわかったら――その時は、ホグワーツに圧力をかけます――魔法省の力の限りを尽くして。おわかり頂けますね？

マクゴナガル　（この痛烈な物言いに面食らって）いいでしょう。

ジニーはハリーがどうかしてしまったのではないかと不安な気持ちで彼を見る、彼は見返さない。

一幕　二十四場　ホグワーツ。階段

スコーピウスは階段を上がっていく途中でアルバスを見かけ、話しかけようとする。アルバスは歩き続ける——決然とした態度で彼を無視して。階段はダンスを踊っているかのように動く。

アルバスはまた別の階段に移って上っていく。辺りを見る。

スコーピウスはまた別の階段から見つめる。

階段が動いて離れる。

スコーピウスは階段を降りて、アルバスに手を伸ばす。アルバスは彼の手を見る。そして階段の一番上にマダム・フーチが現れて、アルバスを注意深く見る。

アルバスはスコーピウスの手を無視して、階段を上がり、自分の本（複数）を手に取り去って行く。彼は別の階段へと歩き移る。

そして今二人の少年が立つ階段は離れていき——二度と近づくことなく——二人は見つめ合う——一人は罪悪感に満ちており——もう一人は苦痛に満ちており——二人とも悲しみに暮れている。

一幕　二十五場　ハリー&ジニー・ポッターの家。キッチン

ハリー　これは正しい決断だ。

ジニー　てこでも動かないって感じね。

ハリー　君が言ったんだろう、アルバスに正直に向き合えって。でも必要なのは自分に正直になることだった、自分の心の声を信頼するのが……

ジニー　ハリー、あなたは歴史上もっとも偉大な心を持った魔法使いよ。だからあなたの心の声がそんなことを言ったとは信じられない。

ドアをノックする音が二人の耳に入る。

ジニー　ノックに救われたわね。

ハリーがドラコと入ってくる。ジニーはオフにとどまる。男二人はお互いにとてもぎこちない。

ドラコ　すぐ失礼する。用件はすぐ済む。

ハリー　何だ？

ドラコ　喧嘩《けんか》を売りにきたのではない。息子が泣いているんだ、父親としては、なぜ親友を引き離したのか理由を聞かないわけにはいかない。

ハリーは答えない。

ドラコ　授業の時間割を変えて、マクゴナガル校長とアルバス本人を脅迫した。なぜだ？

ハリーはドラコを注意深く見る。

ハリー　自分の息子を守るためだ。

ドラコ　守るって、スコーピウスから？

ハリー　ベインに言われたんだ、息子が黒い雲に囲まれている、近くに闇があると。

ドラコ　ポッター、貴様何を言いたい？

ハリーは向きを変えてドラコの目を真っ直ぐに見つめる。

ハリー　スコーピウスは……スコーピウスは本当に君の子供なのか？

ドラコ　今の言葉を取り消せ……今すぐ。

ドラコは杖《つえ》を取り出す。

ハリー　やめろ、へんな真似《まね》はよせ。

ドラコ　いいやめない。
ハリー　君を傷つけたくないんだ、ドラコ。
ドラコ　面白いことを言う、傷つくのは貴様だ。

二人は体勢を整える。そしてそれぞれの杖《つえ》から魔法を繰り出す。

同時　ドラコ／ハリー　エクスペリアームス。

二人の杖《つえ》（から出た魔法）が反発し合い、離れる。

ドラコ　インカーセラス（*縄よ、縛り上げろ）。

ハリーはドラコの杖《つえ》から噴出した魔法をよける。

ハリー　タランタレグラ（*踊れ）。

ハリーの杖《つえ》から炎が噴き出す。ドラコは身を投げ出すようにしてよける。

ハリー　訓練してたな。ドラコ。

ドラコ　貴様は腕が鈍ったな、ポッター。デンセゲーオ＊（＊歯よ、呪われろ）。

ハリーはぎりぎりのところでよける。

ハリー　リクトゥセンプラ＊（＊笑い続けよ）。

ドラコは椅子《いす》を使って炎をよける。

ドラコ　フリペンド＊（＊吹き飛べ）。

ハリーは空中にクルクルと舞い上げられる。

ハリー　＊フィニーテ（＊呪文よ、終われ）。

ハリーの回転は止まる。ドラコは笑う。

ドラコ　もう息切れか、貴様も歳だな。

ハリー　同い歳だ。

ドラコ　歳の取り方が違う。

ハリー　＊ブラキアビンド（＊縛れ）。

ドラコはきつく縛られる。

ドラコ　これが精一杯か。＊エマンシパレ（＊解けよ、縄）。

ドラコは縛りを解く。

ドラコ　＊レビコーパス（＊浮遊せよ）。

ハリーは身を投げ出してなんとかこれをよける。

ドラコ　＊モビリコーパス（＊体よ、動け）。おお、これは愉快だ……

ドラコはハリーをテーブルの上でバウンドさせる。それからハリーが転がって落ちると、ドラコはテーブルに飛び乗る——彼は杖《つえ》を構えるが、その時ハリーが……

ハリー　＊オブスキューロ（＊目隠し）。

ドラコは目隠しをされ、手が出せずにかなり戸惑う。彼は魔法を繰り出そうとする。

ドラコ　やめろ。

二人は向かい合う――ハリーは椅子《いす》を投げる。

ドラコは杖《つえ》を一振りしてその椅子《いす》のスピードを落とす。

ジニー　一分目を離しただけで、これ？

彼女は乱れたキッチンを見る。空中に浮いている椅子《いす》（複数）を見る。それらを床に戻すよう二人に合図する。

ジニー　（皮肉をこめて）私いい場面を見逃したかしら？

彼女は魔法で椅子《いす》（複数）を床に戻す。

ジニー　座って、誰か説明してくれる？

しかしハリーは何と言えばいいか分からず、その役目をドラコが引き継ぐ。

ドラコ　私も話せていないんだ、スコーピウスと。特に――アストリアを失ってからは。今回の問題はそこだ――お前はアルバスと話せていない、そして私はスコーピウスと話せていない。

ハリー　息子を守らなければならない――

ドラコ　私の父は私を守っているつもりだった。大抵の場合は。世界で一番難しい仕事は子供を育てることだと言うが――違う――自分が育つことだ。大人になるのがどれほど難しいか、みんな忘れている。
自分がどういう人間になりたいか、誰しも――ある時点で――選択を迫られる。その時には親か友だちが必要だ。しかし親を憎むようになっていて友だちもいなければ……一人きりだ。孤独は――辛《つら》い。私は孤独だった。そのせいで私は本当の暗がりへ入り込んでしまった。長い間。トム・リドルも孤独な子供だった。ハリー、お前には理解できないだろうが、私にはわかる――おそらくジニーにも。

ジニー　ええ、そうね。

ドラコ　トム・リドルは自分の暗がりから出てこなかった。そしてヴォルデモー卿《きょう》になった。ベインが見た黒い雲はたぶん、アルバスの孤独だ。アルバスの苦痛。アルバスの憎しみ。あの子を失わないようにしろ、ハリー。後悔するぞ。あの子はお前を必要としている、お前とスコーピウスを。

　ハリーはドラコを見て、考える。
　彼は口を開いて何か言いかける。考える。

ジニー　ハリー。*フルーパウダー（*煙突飛行粉）を取ってきて。私が取ってようか？

ハリーは顔を上げて妻を見る。

一幕　二十六場　ホグワーツ校の図書室

スコーピウスが図書室に入ってくる。彼は左右を見る。そしてアルバスを見つける。そしてアルバスもスコーピウスに気づく。

スコーピウス　やあ。
アルバス　スコーピウス。だめだって……
スコーピウス　うん。でも僕もう来ちゃったし。来ないわけにいかなかったし。世界が狂っちゃったからなんとかしようとしてたんだ。
アルバス　知ってるよ。
スコーピウス　それでわかったんだけど、ローズがいない。いやローズは生まれてもない。僕たちがあんなことしたせいで。
アルバス　なんだって？
スコーピウス　その理由をやっと突き止めたんだ。昔聞いた三校対抗戦のダン

アルバス　スパーティの話、覚えてる？　四人の代表者がそれぞれパートナーを選んでパーティに行ったっていう。君のパパはパーバティ・パチルと、ビクトール・クラムは……

スコーピウス　ハーマイオニーとだろう？　そしたらロンがやきもちをやいてばかなことをした。

アルバス　それが違うんだ。リータ・スキーターの本を見つけて読んだら、ハーマイオニーと行ったのはロンだった。

ポリー・チャップマン　しいいいぃぃぃぃ！

スコーピウス　まじか？

アルバス　二人は友だちとして踊って、いい感じだったんだけど、そのあとロンはパドマ・パチルとも踊ってそっちの方がもっといい感じだった。そして二人はデートするようになって、ロンはちょっと人が変わって、それから二人は結婚した。

スコーピウス　でもハーマイオニーはクラムと行くことになってたんだろう？
どうしてクラムと行かなかったかわかる？　ハーマイオニーは

ドラゴン対決の前に挙動不審なダームストラング校の男子生徒二人に会った。そしてセドリックの杖《つえ》が消えたのはその二人が関係してるんじゃないかと疑った——その二人、つまり僕たちがクラムに命令されてセドリックの最初の課題を邪魔したんじゃないかと——

アルバス　嘘《うそ》だろ。

スコーピウス　クラムと踊らなかったから、ロンはやきもちをやかなかった。でもそのやきもちがすごく重要で——だからロンとハーマイオニーは恋人同士にならなくて——結婚もしなかった——そしてい、い、い、ローズは生まれなかった。ほんの一瞬の、ほんのささやかな変化がさざ波を立てる。そして僕たちは——ひどく悪いさざ波を立ててしまった。

ポリー・チャップマン　しぃぃぃぃぃ！

アルバスは素早く考える。

アルバス　よし、もう一度戻って――修正しよう。セドリックもローズも取り戻す。

スコーピウス　……それは不正解。

アルバス　まだタイムターナー持ってるんだろう？

スコーピウスはポケットからそれを取り出す。

スコーピウス　うん、でも……

アルバスはそれをスコーピウスの手からひったくる。

スコーピウス　おい、だめだって……アルバス。そんなことしたらもっとひどいことになるってわからないのか？

スコーピウスはタイムターナーを奪い返し、アルバスはスコーピウスを押し返し、二人は慣れない取っ組み合いとなる。

アルバス　やり直すしかないだろう。ことは重大だ。

スコーピウス　そうだよ重大すぎて――僕たちには無理だ。きっとまた失敗する。

アルバス　失敗するって誰が言ってる？

スコーピウス　僕、僕が言ってる。だってそれ、それが僕たち、、なんだから。僕たちはなんでもメチャクチャにする。いつも失敗する。負け組なんだよ。完全な負け組。まだそれがわからないの？

アルバスはついに優勢に立ち、スコーピウスを床に押さえつける。

アルバス　いや、君に会う前の僕は負け組じゃなかった。

スコーピウス　アルバス――

アルバス　なんとしてもセドリックを救う、ローズを救うためにも。たぶん――君さえ足を引っ張らなければ――僕にはできる。

スコーピウス　僕が足を引っ張らなければ？　アルバス・ポッター、可哀想《かわいそう》に。自分の境遇にうらみつらみか。可哀想《かわいそう》。本当に。

アルバス　何言ってんだよ？

スコーピウス　（感情を爆発させて）じゃあ僕はどうなんだ!?　みんなが君に注目する、だって君の父親は魔法界の救世主、あの有名なハリー・ポッターだから。僕も注目される、父親がヴォルデモーだと思われてるから。ヴォルデモーだよ。

アルバス　そんなこと――

スコーピウス　それがどんなもんだか、わかる？　わかろうとしたこともないだろう？　だよな。だって君には父親とのくだらないもめごとしか見えてないから。君のパパはこの先もずっとハリー・ポッターなんだよ、それわかってる？　そして君はこの先もずっとハリー・ポッターの息子だ。平気でいられるようにならないと――世の中にはもっとひどいこともあるんだから、ね？

短い間。

僕一瞬心が弾んだよ、状況が変わったことに気づいたとき、一瞬、ママは病気になってないかもしれないと思った。ママは死んでないかもしれないって。でもやっぱりママは死んでいた。僕は相変わらずヴォルデモーの息子で、母親はいなくて、僕のことを少しも考えてくれないやつのことを思っている。だからごめんね、僕が君の人生をダメにしたんなら。だって君には僕の人生をダメにしようがないから――とっくにダメになってるんでね。よくもしてくれなかったけど。君はひどい、最悪の友だちだ。

アルバスはこの言葉の意味をよく考える。自分が友だちに何をしたのかわかる。

マクゴナガル　アルバス・ポッター。スコーピウス・マルフォイ。そこに一緒にいるんですか？　離れているように言ったはずです。

アルバスはスコーピウスを見て、バッグからマントを引っ張り出す。

アルバス　早く。隠れないと。

スコーピウス　何？

アルバス　スコーピウス、こっち見て。

スコーピウス　それ透明マント？　ジェームズのじゃないの？

アルバス　先生に見つかったら、僕たちオヤジに永遠に引き裂かれる。だから頼む。な、頼むよ。

マクゴナガル　入りますよ。

スコーピウスは不承不承にアルバスを見るが、その後うなずく。二人がマントの下に姿を隠すと同時にマクゴナガル先生が「忍びの地図」を手に部屋に入って来る。

マクゴナガル　あら、どこ行ったのかしら――だから嫌だったのよ、ほらこれ、私をからかってる。

塊が部屋を移動していく。アルバスとスコーピウスを示すものが動いている。彼女は鷹《たか》のような目で見つめてから事態を把握してほほ笑む。

マクゴナガル　お父さんの透明マントね。

彼女はまた地図を見る。と同時に本棚から本が崩れ落ちる。彼女はどうすべきかをよく考える。

マクゴナガル　いいでしょう、見えないなら、見なかったということです。

彼女は出て行く。少年二人はマントを取る。二人は一瞬黙ったまま座っている。

アルバス　そう、これジェームズから盗んだんだ。これがあるといじめをかわすのが――楽でさ。

スコーピウスはうなずく。

アルバス　ごめん。気の毒だったね――お母さん――お母さんのこと、いつも何も言わないけど――わかるだろう――僕の気持ち――あんまりだよな、お母さんも――君も。

スコーピウス　ありがとう。

アルバス　あんな噂《うわさ》、本当なわけない。だってスコーピウス、君は優しいじゃないか、お腹《なか》の底から指の先まで。君は――暗闇を照らす光だ。絶対――ヴォルデモーには君みたいな子供は授からないって。

短い間。スコーピウスはこの言葉に感動する。

スコーピウス　ありがとう――ありがとう、そう言ってくれて。

アルバス　もう一つ、先に言うべきだったんだけど。君は僕の足を引っ張ってなんてない――それはあり得ない――逆だよ、君のおかげで僕は強くなれる――わかってるんだ、この先も自分はずっとハリー・ポッターの息子だってことは――それに君に比べたら僕の人生はかなりいい方だしオヤジも僕もかなりラッキーだと思うし――

スコーピウス　アルバス、そうやって謝られると鼻につくし、君はまた自分の話ばかりしだしたから、そのへんでやめといた方がいいよ。

アルバスはほほ笑む。

アルバス　友だちだよな？

スコーピウス　永遠《とわ》に。

アルバスはスコーピウスをハグする。

スコーピウス　ハグするの二度目だね。

二人はほほ笑み合う。

アルバス　あ、ひらめいた。三校対抗戦の第二の課題だ。それと屈辱感。

スコーピウス　ねえ、僕の話聞いてた？

アルバス　君の言う通り——僕たちは負け組だ。そして負け組の作り方はただ一つ――僕たちは誰よりもよく知ってるじゃないか――屈辱感を与える。セドリックに恥をかかせるんだ、第二の課題で。

スコーピウスは考える――しばらくしてからほほ笑む。

スコーピウス　それ、すごくいい作戦だ。セドリックに恥をかかせてセドリックを救う。で、ローズは？

アルバス　それは見てのお楽しみ。キラキラ……僕一人でも出来るけど――一緒にいてもらいたい――一緒にやりたいんだ。二人で正しい状態に戻そう。来てくれるよね？

スコーピウス　でも――ちょっと待って――確か第二の課題は湖でやったんじゃなかった？　アルバス、君校舎から出ちゃいけないんじゃないの？

アルバスはにやりと笑う。

アルバス

うん。それなんだけど……二階に女子トイレがあるだろう?

一幕　二十七場　ホグワーツ。校長室

マクゴナガルとクレイグが校長室にいる。クレイグは暖炉のそばに、権威者ぶって立っている。

マクゴナガル　「いたずら完了」*（彼女は杖《つえ》で地図を叩《たた》く）（*「忍びの地図」を閉じるときの呪文）。これは生徒会長が保管している方が安全でしょう。

クレイグ　おっしゃる通りです。

ガタゴト音がする。舞台全体が振動しているようである。

ジニーが最初にフルーパウダーを使い、煤《すす》だらけになって現れる。クレイグは舌打ちをして、足で煤《すす》をどける。

ジニー　すみません、いきなり入って来て。

ハリーがあとからすぐにやって来る。クレイグはさっきより大きな舌打ちをして、さっきより乱暴に足で煤《すす》をどける。

マクゴナガル　ポッター。またあなたたちですか。校長室の床が台無しです。

ハリー　息子はどこですか？　すぐ会わせて下さい。

マクゴナガル　ハリー、今回のことを私もじっくり考えてみましたが、私は関わらないことにしました。子供たちの友情を割くような真似《まね》はできませんし――

ハリー　僕は先生に謝らなければなりません、アルバスにも。だからどうしてもアルバスに――

二人に続いてドラコが大量の煤《すす》とともに到着する。クレイグは煤《すす》とドラコ、ハリー、ジニーを蔑《さげす》んだ目で睨《にら》む。

マクゴナガル　ドラコ？

ドラコ　会わせてやって下さい。私も息子に会う必要がある。

マクゴナガル先生は彼の顔をじっと見る。彼女はポケットから地図を取り出す。

マクゴナガル　クレイグ。（クレイグは彼女に地図を渡す。彼女はためらう……）

クレイグ　（彼女を促して）「われ、ここに誓う――」

マクゴナガル　「――われ、ここに誓う。われ、よからぬことを企《たくら》むものなり」*

（*「忍びの地図」を開くときの呪文）

彼女はそう言って杖《つえ》で地図を叩《たた》く。すると地図にアルバスが現れる。

マクゴナガル　やはり一緒にいますね。

ドラコ

二階の女子トイレだ。そんなところで何をしているんだ?

一幕　二十八場　**ホグワーツ。女子トイレ**

スコーピウスとアルバスがそのトイレに入って来る。

スコーピウス　ちょっと段取り確認させて――「肥《ふと》らせ呪文」を使うんだよね……

アルバス　うん。ほら、その石けん――持ってみて。エンゴージオ。

彼は部屋の向こう側へ向けてから火花を発射する。石けんが四倍に膨れあがる。

スコーピウス　すごい。

アルバス　第二の課題は湖で行われた。奪われたものを湖の底から取り戻す。奪われたものというのは――マルフォイ君。

スコーピウス　――自分の愛する人。

アルバス　セドリックは「泡ヘルメットの魔法」を使って湖に潜った。僕らは彼のあとをつけて、「肥《ふと》らせ呪文」でセドリックを膨らませる――セドリックが膨らんで湖から浮き上がり――課題から離脱して――恥ずかしくて大会に戻れなくなるのを見届けたら……

スコーピウス　でもさ――湖までどうやって行くつもり？……

大きなヴィクトリア朝時代のシンクから突然水が噴き出す――そしてそれに続いて――びしょ濡《ぬ》れの嘆きのマートルが上がって来る。

嘆きのマートル　わぉ。いいわねこれも。前は全然楽しくなかったけど。でもこの歳になると、自分にできることは楽しまないと……

スコーピウス　そっか――君天才だ――嘆きのマートルか……

嘆きのマートルはスコーピウスのところへすうっと降りてくる。

嘆きのマートル　今私のこと何て呼んだ？　私嘆いてる？　ねえ？　嘆いてる？
スコーピウス　いいえ。
嘆きのマートル　私の名前もう一度言ってみて。
スコーピウス　マートルさん。
嘆きのマートル　正確には――マートル――マートル・エリザベス・ウォレン――素敵な名前でしょ――「嘆きの」はもうつけないで。（彼女は笑う）久しぶりだわ。私の女子トイレに男の子が来るの。本当は入っちゃいけないのよ……でも私に用があるなら聞いてあげる。
アルバス　マートル、君湖にいたんだよね。本に書いてあった。ということは、ホグワーツの下水管が湖に繫《つな》がっているということ？
嘆きのマートル　私は色んなところにいたけど。
アルバス　湖の課題のとき。二十五年前の三校対抗戦の。ハリーとセドリックが出場したあれ。
嘆きのマートル　あのハンサムさん、死んじゃって本当に残念だった。
アルバス　マートル、僕たちをあの湖へ連れて行ってくれ。セドリックを

嘆きのマートル　救うのに手を貸して欲しい。

アルバス　私にタイムトラベルの手伝いが出来ると思ってんの？

嘆きのマートル　（タイムターナーを出して見せて）トラベルだけお願い、タイムの方はこれで大丈夫。

（にやりとして）なんか面白そう。このシンクの水は直接湖に排出されるの。ここに飛び込めばパイプを伝って湖に出られる。

アルバスはスコーピウスに袋に入った緑色の葉っぱ（の固まり）を渡す。

アルバス　二人で半分こだ。

スコーピウス　鰓昆布《えらこんぶ》？　鰓昆布《えらこんぶ》を使うの？　君のお父さんと同じやり方。

アルバス　今度は時間切れで「はいそこまで」ってことにならないようにする。五分だ、五分でやり遂げる――現在に戻される前に。

スコーピウス　うまくいくって約束して。

アルバス　（にやりとして）完璧にうまくいく。

二人は鰓昆布《えらこんぶ》を手に取る。

そしてアルバスが飛び込んでパイプを下って行く。恐怖におののいているスコーピウスが後に残される。

マートル　勇敢な男の子って私好き。

スコーピウス　よし、覚悟は決まった。もうなんでも来いだ。

スコーピウスはアルバスのあとを追って中に入る。部屋がガタガタと振動する。シンクが回転する。マートルはそれを楽しんでいる。

そして彼女の耳に複数の声が近づいて来るのが聞こえてきて、彼女はシンクに隠れる。

ハリー　アルバス……アルバス……

ジニー　いない。
マクゴナガル　消えた。いえ、ホグワーツの地下を移動してます、あ、また消えた……
ドラコ　いったいどんな手を使ってるんだ？
マートル　（シンクから）なんかちっちゃな道具を使ってるみたいよ。
ハリー　マートル！
マートル　あーらら、見つかっちゃった。隠れてたのに。はーい、ドラコ。はーい、ハリー。また何かいけないことしに来たの？
ハリー　ちっちゃな道具って？
マートル　内緒なんだけど、あなたには隠し事はできないわね、ハリー。どうしてかしら、あなた歳をとってますますハンサムになっていくじゃない？
ジニー　マートル、あの二人は一体何をしているの？
マートル　救い出すって言ってたわよ、素敵なあの子。セドリック・ディゴリーを。

ハリーはすぐに事態をのみこんで、驚愕する。

マクゴナガル　でもセドリック・ディゴリーは何年も前に死にました……

マートル　その事実を自分が変えるって自信満々だった、あの子。

ハリー　エイモス・ディゴリーとの話を聞いたんだとしたら……それで魔法省のタイムターナーを手に入れたんだとしたら。いや、あり得ないそんなこと。

マクゴナガル　魔法省にタイムターナーがあるんですか？　全部破壊したでしょう。

マートル　みーんななんて悪い子なのぉ？

ドラコ　誰でもいい、何がどうなっているのか説明してくれないか。

ハリー　アルバスとスコーピウスが消えたり現れたりしているのは、移動しているからだ、時間を移動している。

一幕　二十九場　**三大魔法学校対抗試合。一九九五年**

ルード・バグマン　レディース・アンド・ジェントルメン――ボーイズ・アンド・ガールズ――本日は地上最大――最強――唯一無二の魔法学校対抗戦、トライ・ウィザード・トーナメントをお届けします。ホグワーツ校の皆さん、ご声援お願いします。

大音量の拍手喝采が起きる。

アルバスとスコーピウスは嬉《うれ》しそうに湖を泳いで行く。

ルード・バグマン　ダームストラング校の皆さん、ご声援お願いします。

大音量の拍手喝采が起きる。

ボーバトン校の皆さん、ご声援お願いします。

前ほど弱くはない拍手喝采が起きる。

ルード・バグマン　さあ、選手が飛び込んだ……ビクトールはサメに変身している、
　さすが……

ビクトールが湖を素早く突っ切って、アルバスとスコーピウスの脇を通り過ぎて行く。

ルード・バグマン　フラーはなんとあでやかな……

フラーも通り過ぎて行く。

ルード・バグマン　……そして勇敢なハリーは鰓昆布《えらこんぶ》を使っている、賢い、なんと賢い――

ハリーが二人の脇を通っていき、アルバスはいつまでも見てしまう。

ルード・バグマン　そしてセドリックは――なんという技でしょう、レディース・アンド・ジェントルメン、セドリックは泡ヘルメットの魔法で湖をクルージングして行きます。

セドリック・ディゴリーが水の中で二人に近づいてくる。彼の頭部は泡のヘルメットで覆われている。アルバスとスコーピウスは一緒に杖《つえ》を振り上げ、水の中で「肥《ふと》らせ呪文」を発射する。

セドリックは振り向いて困惑して二人を見る。そしてその魔法が命中する。彼の周囲の水が金色になる。

そして彼の頭部を覆っていた泡が大きくなり始める――さらに大きく――さらに大きくなる。彼は辺りを見回す――完全にパニックになっている。そしてヘルメットはどんどん、どんどん膨らんでいく。セドリックが為《な》す術《すべ》もなく水の中を上昇していくのを二人の少年は見つめている。

そしてアルバスは満面の笑みを浮かべて、水中でスコーピウスとハイタッチをする。そしてセドリックは水面から出て行く。彼は会場の上空へと上がっていく。みんな彼を見る。

そしてアルバスが上を指し、スコーピウスはうなずき、二人は上方へと泳ぎ出す。セドリックが自分の旗を持って上昇していくと、人々が笑い出し、全てが変わる。

ルード・バグマン　あり得ません、これはどうしたことか……セドリック・ディゴリーが湖から出てしまった、いや大会そのものからの離脱か。勝者はまだわかりませんが、これで敗者は決まりました。セドリック・ディゴリーは風船になって飛んで行く。飛んで行きます。

レディース・アンド・ジェントルメン、ひたすら飛んで第二の課題からも対抗戦からも離脱だ。そして――さらに凄《すご》いことになってきた。セドリックの周りに花火が上がって文字が描かれていきます――「ロン・ラヴズ・ハーマイオニー（Ron Loves Hermione）」――場内は大喜びです――それにしてもセドリックのあの顔。これは見ものだ、壮観な眺めだ、いや悲劇か？　これはもはや屈辱、屈辱としか言いようがありません。

世界が暗くなってくる。世界がほとんど真っ暗になる。

声　ハリーー・ポッターー。

そして閃光《せんこう》が走る。バンと大きな音が鳴る。タイムターナーのチクタクいう音が止まる。そして私たちは現在に戻る。

パーセルタン（蛇語）のささやき声が聞こえる。客席中にその声が素早く響き渡る。
「あの人がやってくる。あの人がやってくる。あの人がやってくる」

突然舞台の底からスコーピウスが現れる、水から飛び出して来たのである。彼は驚いて辺りを見回す。

スコーピウス　うぅーーーーはぁーーー。

彼は辺りを見回す、驚いている。アルバスはどこだろう？　両腕を空中に差し出す。

スコーピウス　やった！　やったね！　作戦通りだ！

彼は一拍待つ。

アルバス？

アルバスはまだ現れない。スコーピウスは水の中を動き、考えて、水中に潜る。

彼は再び現れる。完全にパニックになっている。辺りを見回す。

スコーピウス　アルバス……アルバス……

ドローレス・アンブリッジ　スコーピウス、スコーピウス・マルフォイ。湖から上がりなさい。何やってるんです。さあ。

スコーピウス　おばさん。助けてほしいんだけど、おばさん？

アンブリッジ　おばさん？　アンブリッジ先生とおっしゃい、あなたの学校の校長でしょう。おばさんだなんて。

スコーピウス　校長先生？

アンブリッジ　ホグワーツの校長です。マルフォイ家がどれほどすぐれた家柄であろうと——人をおちょくるような真似《まね》は許せません。さあ出て。

スコーピウス　水の中に男の子がいるんだ、おばさん。先生。校長先生。友だちがいなくなっちゃって。アルバス・ポッターが。

アンブリッジ　ポッター？　アルバス・ポッター？　そんな生徒はいません。ホグワーツにポッターの名を持つ生徒はもう何年も在籍していませんよ――最後のポッターはひどいもんでしたね。ハリー・ポッターには「安らかに眠れ」、ではなく「永遠に絶望して眠れ」と言ってやりましょう。

スコーピウス　ハリー・ポッターは死んだの？

アンブリッジ　水の中でへんな物を飲み込んだんじゃありませんか？　ハリー・ポッターは二十年以上前にホグワーツでクーデターを起こした一味と一緒に死にました。ダンブルドアのテロリスト集団に加わっていたんです、あの集団は私たちがホグワーツの戦いで壊滅させましたけどね。さあいらっしゃい。どういうゲームをしているのか知りませんが――ディメンターを怒らせて「ヴォルデモーの日」を台無しにしたらどうするんですか。

突然、客席全体に一陣の風が吹く。人々の周囲に黒いローブが複数舞い上がっていく。黒いローブは黒い形となる。それがディメンターとなる。

ディメンターが客席中を飛び回る。黒く恐ろしい姿、黒く恐ろしい顔。ディメンターこそ恐れるべきものである。彼らは劇場から魂を吸う。

スコーピウス　「ヴォルデモーの日」？

暗転。

一幕終わり。

第二幕

二幕　一場　ホグワーツ。アンブリッジ校長の部屋

スコーピウスがドローレス・アンブリッジ校長の部屋へ入ってくる。

アンブリッジ　スコーピウス。わざわざ校長室までありがとう。

スコーピウス　校長先生。

アンブリッジ　私はね、ずっと前からあなたには生徒会長の素質があると睨《にら》んでいたのよ。純血で、天性のリーダーシップがあって、身体能力が高くて……

スコーピウス　身体能力？

アンブリッジ　あなたはとても大事な生徒です。先生方もみんなあなたを評価しています。特にこの私はね。オーグリー様へ送る公式の報告書でも私はあなたを褒めまくってきました。お父上は魔法省の立派な指導者でいらっしゃる、あなたもきっとこのホグワーツ

の立派なリーダーになると私もスネイプ先生も確信しています。共に力を合わせて――文化人気取りの生徒を粛正したおかげで、この学校はより安全で――より純血な場所に――

オフから叫び声が聞こえる。スコーピウスはそちらの方を向く。

スコーピウス　何、この叫び声？

アンブリッジ　穢《けが》れた血の連中です。もちろん地下牢に閉じ込めてありますよ、あなたの賢明なご提案通りに。そう、そこなんです、今日ここへ来てもらったのは、そのあなたがどんどんおかしくなってしまって、三日前のヴォルデモーの日に湖で発見されて以来――特に、ハリー・ポッターに突然こだわりだして……

スコーピウス　そんなこと……

アンブリッジ　ホグワーツの戦いについて聞き回っているそうじゃありませんか。それとセドリック・ディゴリーにも妙に関心を抱いて。ス

スコーピウス　コーピウス――悪い呪文でも掛けられたのかと思って身体検査をしましたが――何も見つかりませんでした――ねぇ、私に何かできることがあれば言って欲しいの――元のあなたに戻すためならどんなことでもしましょう……
いや、もう元に戻りました。一過性の常軌逸脱ってやつ。それだけのことです。

アンブリッジは一瞬彼を見る。それから片手を胸にあて、両手首を軽く合わせる。

アンブリッジ　……ならよかった。ヴォルデモー万歳。
スコーピウス　ヴォルデ――うん。今、スネイプって言ったよね？

アンブリッジは立ち去る。スコーピウスは歩き出し、クレイグに会う。

スコーピウス　クレイグ！

クレイグ　スコーピオン・プリンス。
スコーピウス　スネイプ先生の教室どこだっけ？
クレイグ　（混乱して）いつから教室に興味を持つようになったんだ？（教室の方を示す）

二幕　二場　**ホグワーツ。魔法薬の教室**

スコーピウスが魔法薬の教室に駆け込んで来る。ドアを後ろ手にバタンと閉める。スネイプが顔を上げて彼を見る。

スネイプ　部屋に入る時にはノックをするよう教わらなかったのかマルフォイ?

スコーピウスはスネイプを見上げる、少し息が切れていて、少し不安で、少し興奮している。

スコーピウス　セブルス・スネイプ?　お目にかかれて光栄です。

スネイプ　スネイプ先生と呼んでもらおうか。

スコーピウス　あなたは僕の……答えなんです。

スネイプ　それはよかった。
スコーピウス　今もまだスパイをしているんですか？　ダンブルドアのもとで秘密の仕事を？
スネイプ　ダンブルドア？　ダンブルドアは死んだ。それにダンブルドアのもとで私がしていた仕事は秘密でも何でもない——教師だ。
スコーピウス　違う。それだけじゃないでしょう。あなたはダンブルドアのためにデス・イーターたちを見張って報告をしていた。みんなはあなたがダンブルドアを殺したと思ったけど——本当はダンブルドアを支えていたんだ。あなたが救った——この世界を。
スネイプ　これはまた随分と危険な話をするじゃないか。
スコーピウス　もし、別の世界があると言ったらどうしますか？——ホグワーツの戦いでヴォルデモーが負けて、ハリー・ポッターとダンブルドア軍団が勝利を収めた世界があると言ったら、どうしますか……
スネイプ　ホグワーツの愛するスコーピオン・プリンスが正気を失ったと

いう噂《うわさ》は本当だった、と言うしかないだろうな。

スコーピウス　タイムターナーが盗まれたんです。盗んだのは僕と、アルバスです。セドリック・ディゴリーを救いたくて、彼が死ぬ直前にさかのぼりました。三校対抗戦で彼が優勝するのを阻止するために。

スネイプ　三校対抗戦で優勝したのはハリー・ポッターだ。

スコーピウス　本当は単独優勝じゃなかったんです。セドリックとハリーは一緒に優勝するはずだった。でも僕たちがセドリックに恥をかかせてトーナメントから追い出した。屈辱を味わった結果、セドリックはデス・イーターになった。ホグワーツの戦いでセドリックがどんな働きをしたかは知らないけど——何かをやって、何もかもが変わってしまったんだ。

スネイプ　セドリック・ディゴリー？　彼が殺した魔法使いは一人だけだ、それも大したことのないやつを——ネビル・ロングボトム。

スコーピウス　そういうことか！　ロングボトム先生はナギニを、ヴォルデ

スネイプ　モーの蛇を殺すことになっていた。ナギニが死なないことにはヴォルデモーも死なない。なるほど！　僕たちがセドリックの人格を破壊して、セドリックがネビルを殺して、ヴォルデモーが勝利を収めた。ね、わかったでしょ、ね？

スコーピウス　なるほど、これはマルフォイのゲームってやつか。さっさと出て行かないとオーグリー様に報告してお前を窮地に追い込むことになるぞ。

あなたは彼の母親を愛していた、ハリーのお母さん、リリーのことを。僕知ってます。あなたが何年もずっと裏で働いていたことも。あなたがいなかったらホグワーツの戦いには勝てなかったってことも。どうして知ってると思いますか？　あっちの、本当の世界をこの目で見たから……。あなたがいい人だということも知ってます。ハリー・ポッターが息子に、僕の親友にそう言ったんだ、あなたは偉大な人だって。

スネイプはスコーピウスを見る――事態が把握しきれていない。これは罠《わな》なのか？
彼は心底途方にくれている。

スネイプ　ハリー・ポッターは死んだ。
スコーピウス　僕の世界では生きてる。ハリー・ポッターはあなたがダンブルドアのために何をしたか知っていた、そしてあなたを尊敬していた――心から。だから自分の息子に二人の名前を付けた。アルバス・セブルス・ポッター。

スネイプの動きが止まる。心底感動している。

スコーピウス　お願いです――リリーのために、世界のために――僕を助けて。

スネイプは考えてから、杖《つえ》を出しつつスコーピウスの方へ行く。スコーピウスは怯《おび》えて後ろへさがる。スネイプはドアに杖《つえ》から魔法を出す。

スネイプ　*コロポータス（＊扉よ、閉じよ）。

目に見えない鍵がガチャリとかかる。スネイプは教室の奥のハッチを開ける。

スネイプ　では、行こうか……

スコーピウス　一つ質問、行くって——正確に言うと、どこへ？

スネイプ　すぐにわかる。

二幕　三場　あばれ柳

ハーマイオニーがスコーピウスを床に押さえつけ、彼の顔に杖《つえ》を突きつけている。彼女は堂々たる風格である。

ハーマイオニー　少しでも動いてごらん、脳みそは蛙《かえる》に、腕はゴムにしてやる。

スネイプ　問題ない。この子は安全だ。（短い間）どうしてそう人の話を聞かない。お前はうんざりする生徒だったが、今もうんざりする――何だか知らんが。

ハーマイオニー　私は優秀な生徒だった。

スネイプ　並み以上平均以下というところだった。この子は味方だ！

スコーピウス　そうだよ、ハーマイオニー。

ハーマイオニーはスコーピウスを見る、まだ不審そうである。

ハーマイオニー　私のことは皆グレンジャーと呼ぶ。
スコーピウス　僕のせいなんだ。全部僕と。アルバスの。
ハーマイオニー　アルバス？　アルバス・ダンブルドアか？　ダンブルドアがこれとどう関係しているんだ？
スネイプ　いや、ダンブルドアじゃない。まずは落ちついて話を聞いたらどうだ。

ロンが駆け込んで来る。スパイキーヘアである。ハーマイオニーほどいい身なりではないがレザーを着ている。

ロン　スネイプ先生？　これはようこそ――（彼はスコーピウスを目にしていきなり警戒する）マルフォイがここで何やってんだ？

彼はもぞもぞと杖《つえ》を出す。

ロン　俺には武器がある——命が惜しかったら——余計な真似《まね》すんじゃねぇ——

スネイプ　この子は大丈夫だ、ロン。

ロンはハーマイオニーを見る、彼女はうなずく。

ロン　ああよかった、ダンブルドア様。

スコーピウスが自分の知っている全てを説明している間にハーマイオニーはタイムターナーを調べる。

ロン　じゃあ、歴史を動かすキーマンはネビル・ロングボトムだって言うのか？　とんでもない話だ。

ハーマイオニー　本当だ、ロン。

スコーピウス　助けてくれますか？
ロン　俺たちにしか出来ないもんな。といってもダンブルドア軍団はピーク時に比べたらかなり小さくなってる。残ったのは俺たちだけだ。とはいえ諦めずに戦ってる。おかげでこのグレンジャーは懸賞金付きのお尋ね者だ。この俺もな。
スネイプ　お前はかなり安いがな。
ハーマイオニー　はっきりさせておきたい。そのもう一つの世界では……？　お前が混乱させる前の世界は？
スコーピウス　ヴォルデモーは死んでます。ホグワーツの戦いで殺されて。ハリーは魔法省法執行部の長官で。あなたは魔法大臣です。
ハーマイオニー　私が魔法大臣？
ロン　すげー。で、俺は？
スコーピウス　あなたはウィーズリー魔法ジョーク・ショップをやってます。
ロン　なに、じゃあ、彼女は魔法大臣で、俺はジョーク・ショップのオーナーなの？

スコーピウス　お店より子供たちの世話で忙しそうだけど。
ロン　子供たち？　素晴らしい。母親はさぞ美人なんだろうな？
スコーピウス　えっと……それはその、お二人の子供だから――あなたたちの。
女の子一人と男の子一人。

二人はびっくりして顔を上げる。

スコーピウス　前に別の世界でこの話をした時も二人ともびっくりしたよね。
あの時はあなたはホグワーツの先生で、あなたは――何やってたんだっけ？　とにかくお二人は結婚してるんです。愛し合ってて。相性がぴったりで。

ハーマイオニーとロンは互いに顔を見合わせてから顔を背ける。そしてロンは後ろを向く。彼は繰り返し咳払《せきばら》いをする。咳《せき》をするたびに咳《せき》らしくなくなっていく。

ハーマイオニー　それで――スネイプは？　そっちの世界ではスネイプはどうなっている？

スネイプ　死んでいるんだろう、おそらく。

彼はスコーピウスを見る。彼はうなだれ、スネイプは微《かす》かにほほ笑む。

スネイプ　私を見た時のあの驚きぶりから察すると。で、どうやって死んだ？

スコーピウス　勇敢に戦って。

スネイプ　誰にやられた？

スコーピウス　ヴォルデモー。

スネイプ　何とまあ腹立たしい。

スネイプが事態を飲み込む間、沈黙が漂う。

ハーマイオニー　気の毒に、セブルス。
スネイプ　いや、こいつと結婚する方がよっぽど気の毒だ。
ハーマイオニー　で、お前たちが使った呪文は何だ？
スコーピウス　第一の課題を邪魔する時は「エクスペリアームス」で、第二の時は「エンゴージオ」。
ロン　だったら簡単な呪文で両方とも防げる。
スネイプ　呪文をかけて立ち去ったのか？
スコーピウス　はい、っていうか、タイムターナーに連れ戻されちゃって。そこなんです問題は——このタイムターナーは過去にさかのぼってから——五分しかもたない。
ハーマイオニー　では行動は迅速に。ウィーズリー。（ロンは地図を引き下ろす）第一の課題は禁じられた森のはずれで行われたが、我々はここで時間を戻してからトーナメント会場へ移動して——呪文を妨害し、ここへ戻る。そのあともう一度過去にさかのぼり、湖へ移動して、第二の課題を元の状態に戻す。

スネイプ　ハーマイオニー。お尋ね者が外に出たらたちまちディメンターにキスされて――魂を吸い取られる……危険すぎる、この任務は私とこの子だけで行う。

ハーマイオニー　成功すればハリーは生きている。ヴォルデモーは死んで、オーグリーなど消え失せる。そのためならどんな危険もいとわない。みんなで一緒にやろう。

スネイプ　大臣。

彼女はスコーピウスの方を向いて、タイムターナーを指す。

ハーマイオニー　マルフォイ。

スコーピウスはハーマイオニーにタイムターナーを渡す。
彼女はタイムターナーを受け取り、杖《つえ》でそれを軽く叩《たた》く。タイムターナーは振動し始め、そしていきなり激しく動き出す。

大きな閃光《せんこう》が走る。バンと大きな音がする。

時間が止まる。そして時間は向きを変え、少し考え、最初はゆっくりと巻き戻る……

バンという音と閃光《せんこう》とともに我らが一群は姿を消す。

二幕　四場　ホグワーツ。森のはずれ。一九九四年

そして一幕の場面が繰り返されるのを目にするが、我々は今度は前からでなく、後ろから見ている。

ルード・バグマン　セドリック左に飛ぶ、右に下がる――そして杖《つえ》を構えて――

杖《つえ》がアルバスによってセドリックの手から離れると――ハーマイオニーがアルバスの呪文を阻止して杖《つえ》はセドリックの手に戻る。しかしタイムターナーが再び不気味に回転しはじめる。

スネイプ　急げ。時計が回転し始めた。

ルード・バグマン　勇敢なハンサムボーイはどんな奥の手を用意してきたのか？　犬です――岩を犬に変えたぁ――ロック・ドッグ・ゴリゴリ・

ディゴリー――パワフル・ワンワン・ワンダフルー。

しかし勝利の余韻に浸る間もなくタイムターナーが彼らを現在に引き戻す。

二幕　五場　ホグワーツ。禁じられた森のはずれ。現在

ロン　（脚をつかんで）いっ。いっ。いったぁーーーーーーい。

ハーマイオニー　ロン……ロン……どうしたの？

スコーピウス　タイムターナーのせいだよ、アルバスもこうなったんだ、最初に戻った時。

ロン　ありがとう——痛っ——あとから教えてくれて——痛っ。

スネイプ　取り敢《あ》えず生きて戻れた。移動しないと。

ロンは立ち上がるが痛みに叫び声を上げる。スネイプが杖《つえ》を上げる。

スコーピウス　うまくいったかな？

スネイプ　セドリックは杖《つえ》を取られなかった。うまくいった。しかしこんなに早く時間切れになるとは——これでは丸見えだ。

客席から突然冷たい風が吹き込んでくる。

複数の黒いローブが人々の周囲に上がる。黒いローブは黒い物体となる。それはディメンターとなる。

ロン　手遅れか。

ハーマイオニー　やつらが追っているのは私だ、あなたたちじゃない。逃げて。ロン、愛してる、最初からずっと。でも三人で逃げて。さあ。早く。

ロン　え？

スコーピウス　え？

ロン　その前にその愛について語りたい。

スコーピウス　ディメンターに魂を吸われちゃうよ。

ハーマイオニー　でもあなたが過去を変えればそうはならない。さあ。行って。

突然ディメンターが彼らに目を付ける。あらゆる方向から叫び声を上げながら黒い物体が降りてくる。

スネイプ　よし。行くぞ。

彼はスコーピウスの腕を引く。スコーピウスはためらいながら彼と一緒に行く。ハーマイオニーはロンを見る。

ハーマイオニー　ロンも一緒に行って。

ロン　いや、俺もちょっとはお尋ね者だし、痛くてたまらないんだ。

ハーマイオニー　うん、だからここにいる。君と一緒に。（彼は杖《つえ》を上げる）エクスペクト――（ハーマイオニーが彼の杖《つえ》を下げる）

ハーマイオニー　ディメンターをここに引き留めてあの少年に最大限のチャンスをあげましょう。ね、女の子と男の子よ。

ロン　いいねそれ。でも怖い。

ハーマイオニー　キスして。

ロンは考えてからキスをする。そして二人はぐいと引き離されて地面に貼り付けられる。

そして彼らは宙にぐいと引き上げられる。ディメンターのキスで魂が身体から吸い出されていく。

そしてスコーピウスとスネイプの場面になる。

スネイプ　湖へ向かう。歩くんだ。走るなよ。

スネイプはスコーピウスを見る。

冷静でいろ、スコーピウス。やつら、目は見えないが、恐怖の臭いをかぎ取って追ってくる。

一体のディメンターが彼らの方へすうっと舞い降りてくる。

何かで頭をいっぱいにするんだ。愛するもののことを考えろ。誰か一人のことを考えろ。一人でいい。私はハリーを救いたかった、リリーのために。それが叶わなかったから、今は彼女が守ろうとした全てのものに忠誠を尽くしている。お前は誰のために戦っているんだ？

アルバス。アルバスのためだと思う。

スコーピウス

スコーピウスはディメンターから自力で離れる。ディメンターはすうっと去って行く。

突然、ドローレス・アンブリッジが彼らの前に現れる。

アンブリッジ　スネイプ先生！

スネイプ　アンブリッジ校長。

アンブリッジ　素晴らしいニュースが入りました、もう聞いたかしら？　穢《けが》れた血の反逆者ハーマイオニー・グレンジャーを捕まえたのよ。すぐそこで。

スネイプ　それは——素晴らしい。

アンブリッジはスネイプを見つめる。彼も見つめ返す。

アンブリッジ　一緒だったわね、グレンジャーとあなた。

スネイプ　私？　何かの間違いでしょう。

アンブリッジ　それと、スコーピウス・マルフォイも。

スネイプ　ドローレス、授業に遅れるので我々はこれで失礼させて……

アンブリッジ　ならなぜ学校と反対の方へ行くんです？　そっちは湖でしょう？

一瞬完全な沈黙が訪れる。そして突然スネイプがいつもとはまったく違うことをする――彼はほほ笑む。

スネイプ　いつから疑っていた？

アンブリッジは突然地面から浮上する。彼女は全身に黒魔術をため込んで両腕を大きく開く。彼女は杖《つえ》を取り出す。

アンブリッジ　何年も前から。もっと早くに対処すべきだったわ。

スネイプはアンブリッジより早く杖《つえ》を使う。

スネイプ　デパルソ[*]（*飛び去れ）。

アンブリッジは容赦なく後ろへ飛ばされる。

アンブリッジ　ああ——

スネイプ　もう後戻りはできない。

彼らの周囲の空がさらに暗くなる。

スネイプ　*エクスペクト・パトローナム（*守護霊よ、来たれ）。

スネイプはパトローナスを送り出す、それは美しい白い牝鹿《めじか》の姿である。

スコーピウス　牝鹿《めじか》？　リリーのパトローナスだ。

スネイプ　不思議だろ？　心の奥底から出てくるものは。

突然ディメンターが四方八方から現れ始める。

スネイプ　走れ。（スコーピウスは動かない）こいつらは私ができるだけ引き留めておく。
スコーピウス　ありがとう、暗闇を照らす光になってくれて。
スネイプは彼を見る、頭のてっぺんから爪の先までヒーローである。彼はかすかにほほ笑む。
スネイプ　アルバスに伝えてくれ――アルバス・セブルスに、私の名前が付けられたことを誇りに思うと。さあ行け。行くんだ。
牝鹿《めじか》は振り返ってスコーピウスを見てから、走り出す。
スコーピウスもすぐに了解してあとを追う。スコーピウスは牝鹿《めじか》のあとを走って行くが、彼の周囲の世界はさらに恐ろしい様相を呈していく。血も凍るような悲鳴が一角から上がる。また別の一角からも血の凍るような悲鳴が上がる。ささやき声が聞こえ、いくつもの物体が急降下してくる。

スネイプは杖《つえ》を取り出す。そしてスコーピウスはついに湖に辿《たど》り着き、タイムターナーをセットする。彼は湖に入る。

スネイプは地面に引き倒されたり空中へ押し上げられたりしながら、魂が引き離されていく。悲鳴（複数）が増殖していくように思われる。牝鹿《めじか》が美しい目で彼の方を向き、そして消える。

バンという音と閃光《せんこう》。そして沈黙。何もかも動かず、何の騒動も無く、完全な静寂である。時間が移動したのだが、どこへ？

そして突然――スコーピウスが水面に顔を出す。大きく呼吸をする。彼は周りを見回す。狼狽《ろうばい》して深い呼吸をする。彼は空を見上げる。空は間違いなく以前より青くなっているようである。

そして、彼のあとからアルバスが上がってくる。沈黙が訪れる。スコーピウスは信じがたい気持ちでアルバスを見る。二人は激しく呼吸している。

アルバス　やった！　おお。

スコーピウス　アルバス！　アルバスだ！

アルバス　でもヘンだったよな――セドリックは膨らみだしたのに――また縮みだして――スコーピウス、お前、杖《つえ》持ってたよな……

スコーピウス　また会えて僕がどんなに嬉《うれ》しいかわからないだろう？

アルバス　ほんの五秒前に会ったじゃないか。

スコーピウスは水の中でアルバスにハグする。

スコーピウス　あれからすごくいろんなことがあったんだ。

アルバス　お前何着てんだ？

スコーピウス　それは説明すると長くなるから。
アルバス　うまくいったのか？　僕たち何かやった？
スコーピウス　ううんやってない。それが一番いいんだよ。

アルバスは彼を見る――信じられない気持ちで。

アルバス　え？　また失敗したってこと？
スコーピウス　うん。そうだよ。もう最高。

彼は水の中で思いっきりはしゃぐ。アルバスは岸へ上がる。

アルバス　スコーピウス。またお菓子を食べ過ぎたんじゃないのか？

突然ハリーが水際に現れる。あとからすぐにドラコ、ジニー、マクゴナガルもやって来る。

ハリー　アルバス。アルバス。大丈夫か？
スコーピウス　（大喜びして）ハリー！　ハリー・ポッターだ！　それとジニー。
ドラコ　マクゴナガル先生。パパも。パパ。
スコーピウス　おお、スコーピウス。
アルバス　ハーイ、パパ。
マクゴナガル　どうなってるの？
聞きたいのはこっちです。時間を旅してきたんでしょう。話してもらいましょうか。

スコーピウスはすぐに大人たちが何を知っているのかに気づく。

スコーピウス　あれ、ない。どうしよう。どこ行ったんだ？　タイムターナーなくしちゃった。
アルバス　（スコーピウスを見る、すっかり戸惑っている）何をなくしたって？

ハリー　アルバス、とぼけるのはそこまでだ。

マクゴナガル　ではじっくりと説明を聞かせてもらいましょうか。

二幕　六場　ホグワーツ。校長室

マクゴナガル　つまりこういうことですか——あなたたちは規則を破ってホグワーツ特急から飛び降り、魔法省に侵入して盗みを働き、勝手に時間を操作し、その結果二人の人間をこの世から消した——

アルバス　確かにそれはよくないことだと思います。

マクゴナガル　そしてその二人、つまりグレンジャー＝ウィーズリー家の子供のヒューゴとローズを消してしまった責任を感じて、もう一度時間をさかのぼった——そして——二人どころか大勢の人を消してしまい、自分の両親を殺し、この世に存在した最悪の魔法使いを復活させ、闇の魔法の新たな時代を呼び込んだ。あなたの言う通りです、ポッター、よくありませんね。自分たちがどれほど愚かだったかわかってるんですか？

ハリー　先生、ちょっといいですか——

マクゴナガル　あなたは黙ってなさい。親として言いたいこともあるでしょうけれど、この二人は私の生徒です、彼らが受ける罰は私が決めます。

ドラコ　ごもっともです。

ジニー　私も賛成です。

彼女は自分の顔をこする。ハリーはジニーを見る、彼女は首を振る。

マクゴナガル　本来退学にすべきところですが（ハリーを見て）色々事情もあるようですから――あなた方は私のもとにいる方が安全でしょう。ただし罰として外出を禁じます――そうですね、今年いっぱいは外に出られないと覚悟してなさい。クリスマスもなしです……

突然ハーマイオニーが飛び込んでくる。

ハーマイオニー　何か聞きのがしたかしら？

マクゴナガル　ハーマイオニー・グレンジャー、あなたがのがしたのは、校長室に入る前にノックをするという礼儀です。

ハーマイオニー　あなたにも外出禁止を言い渡したいくらいですよ、大臣。タイムターナーを保管していたとは、愚かにもほどがあります！

マクゴナガル　ミネルバ……（自分の間違いに気づいて）マクゴナガル先生。あなたの子供たちは存在していなかったんですよ。こんなことが私の学校で、私の監視の下で起こったなんて。ダンブルドア先生に顔向けできません……

ハーマイオニー　ええ。

マクゴナガルは一瞬気持ちを落ち着ける。

マクゴナガル　スコーピウスは、それとアルバスも、一見勇敢だったようには見えます。けれど、大事なことは、いくら勇敢でも愚かな行為は許されないということです——あなたのお父さんもよく忘れていたことですが。常に考えなさい。どんな事になるか。ヴォルデモーに支配された世界は——

スコーピウス　ぞっとする世界。

マクゴナガル　あなたたちはまだ若い。（彼女はハリー、ジニー、ハーマイオニーを見る）あなたたちはみんな若い。魔法戦争がどれほど悲惨だったかわかっていないんです。さあ、行きなさい。ほら、さあ。（ハーマイオニーに）タイムターナーを探してここへ持ってらっしゃい。

ハーマイオニー以外全員出て行く。

ハーマイオニーの目に娘の姿が入る。ローズはドアのところで話を聞いていて、ショックを受けている。ハーマイオニーはゆっくりとローズに近づき、そして、二人は駆け寄ってしっかりと抱き合う。

二幕　七場　スリザリンの寝室

ハリー　ありがとう、入れてくれて。

ハリーは一瞬息子を見る、彼は一度に複数の感情と闘っている。

ハリー　タイムターナー、なかなか見つからないな。今、湖をさらっていいかマーピープルと交渉してるんだ。

彼は腰掛けるが、居心地が悪そうである。

ハリー　どうしてこんなことをしたのか説明してくれないか？

アルバス　出来ると思ったんだ——変えられるって——だってセドリックは——あんまりじゃないか。

ハリー　ああ、あんまりだ、それくらいパパだってわかってる。あの場にいたんだから。セドリックが死ぬのを見ていた。でももしお前がパパと同じようなことをしようとしたと言うなら、それは違う。パパは自分から冒険を求めたんじゃない、せざるを得なかったんだ。お前がしたことは本当に無謀だった——冗談抜きで愚かだった——全てをダメにしていたかもしれない——

アルバス　わかってる。もうわかってるってば。

間。アルバスは涙を拭う。ハリーはそれに気づき深く呼吸をする。

ハリー　いや、パパも悪かったんだ、スコーピウスをヴォルデモーの息子だと思ったりして。

アルバス　どうして僕たちを離ればなれにさせたんだよパパ？　スコーピウスは僕にとって大事なのに。わかってんの？

ハリー　うん、やっとわかってきた。お前の部屋な、ママはあのままにしてる――出て行った時のままだ。パパにも誰にも触らせてくれない――お前のためにママはずいぶん怖い思いをしたぞ……パパもだ。

アルバス　パパも？

ハリー　ああ。

アルバス　ハリー・ポッターはなんにも怖くないのかと思ってた。

ハリー　そんなふうに思ってたのか？

アルバスは父を見る、父を理解しようと努めている。

ハリーはアルバスを見る。アルバスは父を見てベッドに入る。

ハリー　アルバス、大丈夫か？

アルバス　ううん。

ハリー　そうか。パパもだ。

二幕　八場　ホグワーツ。フクロウ小屋

スコーピウス　ホグワーツには好きな場所がたくさんあるけど、ここは違う。そりゃあ――考えられる限り最悪の場所から戻ってきた僕は生まれ変わって、今や怖《おそ》れ知らずのスコーピウス、怖いものなしのマルフォイだ。――高いところも平気なはずなのに、なんか膝がガクガクする。

アルバス　僕はこの屋根の上、前から好きだな。全然ホグワーツらしくなくて。

スコーピウス　君にはわからないんだ、今のこのホグワーツがどんだけ素晴らしいか。あっちは本当にひどかった。僕は違うスコーピウスになっていて、偉そうで、怒ってて、意地悪で――みんなに怖がられていた。

アルバス　でもお前はそれを変えた。チャンスを捕らえて時間を戻して。

スコーピウス　自分を取り戻した。そうじゃない、僕が自分を取り戻せたのは君のおかげなんだ。

アルバスは顔を上げてスコーピウスを見る、説明をもとめて。

アルバス　ディメンターが頭の中に入り込んだとき――セブルス・スネイプにお前は誰のために戦っているんだって聞かれて。君だって答えたよ。

スコーピウス　へえ。

アルバス　君はあの場にいなかったけど、僕と一緒に戦っていた。でももう――戦うことはないけど――わかるよね？――僕たちはもう二度とやっちゃいけない。

スコーピウス　うん、わかってる。

アルバス　よかった。じゃあ、これを壊すのを手伝って。

スコーピウスはアルバスにタイムターナーを見せる。

アルバス　タイムターナーは湖の底に沈んだ、って言ったよな？

スコーピウス　怖いもの知らずのマルフォイは嘘《うそ》の名人でもある。

アルバス　スコーピウス……これ誰かに言わないと……

スコーピウス　誰に？　魔法省は信用できない、こっそり保管してたんだから。これがどんなに危険かを体験したのは君と僕だけだ。ってことは、君と僕が破壊しなくちゃいけないってこと。今、ここで、過去へ戻ることを過去のものにする。

アルバス　ずいぶんカッコイイこと言うじゃん。

スコーピウス　一日中考えていたからね。

デルフィー　何を考えてたって？

スコーピウス　うわっ。デルフィー……あれ……ここで何してんの？

アルバス　フクロウ便を送ったんだ――デルフィーにも関係あると思って。

デルフィー　何の話？

アルバス　セドリックを救うことはできない。スコーピウスがあんな世界を経験したからには……

デルフィー　フクロウ便には詳しく書いてなかったけど……

アルバス　最悪の世界を想像してみて、それを二倍悪くした世界だよ。人々が拷問されてて――そこら中にディメンターがいて――ヴォルデモーが支配している――僕のママとパパは死んでいて、世界は闇の魔術に包まれている――そんな世界を許すわけにはいかない。

デルフィーは躊躇《ちゅうちょ》する。それから急に表情が変わる。

デルフィー　ヴォルデモーが支配していた？　生きてたの？

スコーピウス　セドリックは屈辱を味わったせいでひどくふてくされた人間になってた――メチャクチャいじめられたから――とても耐えられないくらい。そしてロングボトム先生を殺した。

デルフィー　じゃあナギニは――

アルバス　僕たちでこのタイムターナーを破壊しなければいけない。

デルフィー　そうね――それは破壊しないと。

アルバス　納得してくれた？

デルフィー　納得なんてもんじゃないわ――きっとセドリックもわかってくれる。

デルフィーは悲しそうに二人にほほ笑む。そしてタイムターナーを手に取る。それを見ると彼女の表情はわずかに変わる。

アルバス　へえ、素敵な模様だね。

デルフィー　何？

デルフィーのマントがはだけている。彼女の首の後ろにオーグリーのタトゥーが見えている。

アルバス　背中んとこ。気がつかなかった。翼の絵だね。マグルがタトゥーって呼んでるやつ？

デルフィー　ああ。うん。そう、これ、オーグリーなの。

スコーピウス　オーグリー？

デルフィー　私の育ての親が檻《おり》に入れて飼ってたんだ。魔法界では昔、オーグリーが鳴くと人が死ぬと信じられていた。これ見ると、未来は私が作るものだってことを思い出すのよ。

アルバス　いいね、それ。僕もオーグリーのタトゥー入れようかな。

スコーピウス　あなたオーグリー様って呼ばれていた。あっちの世界で――みんながオーグリー様って呼んでた。

デルフィーの顔にゆっくりと笑みが広がる。

デルフィー　オーグリー様？　いいじゃない、それ。

アルバス　デルフィー？

彼女はあまりにも素早く、杖《つえ》を構え、スコーピウスを払いのける。彼女の方が遙《はる》かに強く、スコーピウスは彼女を引き留めようとするが、すぐに力負けする。

デルフィー　フルガーリ*（*光よ、縛れ）。

スコーピウスの両腕が縛られる。

スコーピウス　アルバス。逃げろ。

アルバスは周囲を見回す――戸惑っている。それから走り出す。

デルフィー　フルガーリ。

アルバスは床にばたんと倒れる、両腕が縛り付けられている。

アルバス　どうして？　何なの？　誰なんだよ、お前？

デルフィー　アルバス。私は新たな過去。そして新たな未来。私はこの世界がずっと探し求めてきた答えだ。

二幕　九場　ハーマイオニーの執務室

ハーマイオニーが仕事をしようとしているデスクにロンが座っている。

ロン　まだショックから抜けきれない。だって俺たちが結婚もしていない世界があったなんてさ。

ハーマイオニー　ロン、その話はいいから――あと十分でゴブリンが来ちゃう、グリンゴッツ銀行のセキュリティのことで話があるから――

ロン　だからさ、俺たちあまりにも長いこと一緒にいるじゃん――あまりにも長いこと結婚してる――そう、あまりにも長いから――

ハーマイオニー　何、そのわかりにくい言い方？　離婚したいってこと？　じゃあ、はっきりわかるようにこの羽ペンを突き刺してあげる。

ロン　うっせえ。ちょっとだまっててくんない。今日だけは最後まで言わせてくれ。ものの本で読んだんだ、長い結婚生活をリニューアルしましょうって。結婚生活のリニューアル。どう思う？

ハーマイオニー　（少し態度が和らいで）私ともう一度結婚したいってこと？

ロン　だってさ、最初の時は二人とも若くて、俺なんて酔っ払ってて――正直、あんまり覚えてないんだよね。でも何が本当って――俺は死ぬほどハーマイオニー・グレンジャーを愛していて――どれだけ時間が経《た》っていようとも――

彼女は彼を引き寄せ、キスをする。ハリーとジニーとドラコが入ってくる。二人はパッと離れる。

ハーマイオニー　ハリー、ジニー、あら――え――ドラコも――おそろいでどうしたの――

ジニー　アルバスがいなくなった。また。

ドラコ　スコーピウスもだ。マクゴナガル校長が学校を封鎖して監督生たちに探させているが……

ハーマイオニー　すぐ「闇祓《やみばら》い」に召集をかける、それと――

ロン　いや、そんなことしなくても大丈夫。アルバスなら夕べ見たもん。何も心配ないって。

ドラコ　どこで？

一同は彼の方に向き直る。彼は一瞬まごつく。

ロン　んと、夕べホグズミードでネビルとファイアー・ウィスキーを二、三杯引っかけてさ――普通に――世直しをしようとか言いながら――普通に――それで、学校まで戻ったら――夜というか、夜中になっちゃってて、フルーパウダーでどの煙突で戻るか考えたんだ。だって一杯飲んだあとに窮屈なのや、曲がってる煙突は勘弁だろう？――

ジニー　ロン、さっさと要点を言わないと絞め殺すわよ。

ロン　アルバスは脱走なんてしてない——憩いのひとときを過ごしていた——ガールフレンドと——

ハリー　ガールフレンド？

ロン　銀色の髪してる子。屋根の上にいたんだよ、フクロウ小屋の辺りの。スコピンピウスもいたけどお邪魔虫って感じだったな。俺がプレゼントした惚《ほ》れ薬《ぐすり》が効いたんじゃないか？

ハリーにある考えがひらめく。

ハリー　髪の毛——銀色で、青も入ってる？

ロン　そうそう——銀色と、青——うん。

ハリー　デルフィー・ディゴリーだ。エイモス・ディゴリーの姪《めい》っ子。

ジニー　まだセドリックに拘《こだわ》ってるってこと？

ハーマイオニー　エセル。ゴブリンとの面会キャンセルして。

二幕　十場　ホグワーツ。クィディッチのピッチ

舞台上にはデルフィーがいて、先ほどまでとは違う個性になっている。彼女には以前の不安定さや自信のなさはなく、今や力強さに溢《あふ》れている。

アルバス　クィディッチのピッチに連れてきてどうする気だ?
スコーピウス　三校対抗戦だよ。三つ目の課題は迷路。迷路はこのピッチに作られた。セドリックを救いに戻る気だ。
デルフィー　その通り。あの時に戻ってセドリックを救い、スコーピウスが見てきた世界を取り戻す。純血で強い魔法の復活だ。
スコーピウス　ヴォルデモーの復活を望んでるの?
デルフィー　第一と第二の課題はお前たちがほんの少し魔法で妨害したが、第三の課題はまだ手つかずだ。
アルバス　僕たちはもうセドリックの邪魔はしない──

デルフィー　邪魔するだけじゃない。屈辱を与えるんだ。やつを苦しめて、魂を曇らせる、そうすればやつはロングボトムを殺す——

アルバス　そんなことさせるもんか。お前には従わない。何を命令しようと。

彼女は杖《つえ》を取り出す。彼女はそれをアルバスに向ける。アルバスは顎を突き出す。

アルバス　やれよ、何でも、デルフィーニ・ディゴリー。

デルフィー　ふっふっふっ、あんたまだ私がエイモスの姪《めい》だと思ってんの？じゃあこれでどう？

デルフィーは彼を見る。そして杖《つえ》をスコーピウスに向ける。

アルバス　やめろ。

彼女はアルバスを見る。彼は口をあんぐりと開ける。

デルフィー　やっぱり思った通り――こっちの方が効き目がありそう。ふっふっふっ。

スコーピウス　アルバス、僕は何されてもいい――言うことを聞いちゃいけない――

デルフィー　クルーシオ*（*苦しめ）。

スコーピウスは苦痛に叫ぶ。

アルバス　やめろ、やめてくれ！

デルフィー　何？　あんたに何が出来るの？　魔法界をがっかりさせること？　家の名前に泥を塗ること？　たった一人のお友だちを痛めつけられたくないんでしょ？　だったら言われた通りにしろ。

彼女はアルバスを見る、彼の目は反抗的なままである。

クレイグ　アルバス？　スコーピウス？　アルバス？　みんな探してるよ
　　　　　君たちのこと——

アルバス　クレイグ。来るな。助けを呼んでくれ！

クレイグ　どうしたんだ？

デルフィー　アヴァーダ・ケダーヴラ。

デルフィーは舞台の端から端へと死の炎を放ち、クレイグ・バウカーJr.を殺す。

デルフィー　わかってないんだから。これはね、子供のゲームじゃないの。
　　　　　お前には利用価値があるけど、こいつらにはない。

アルバスは顔を上げてデルフィーを見る。

デルフィー　お前の弱点を見つけるのにずいぶん時間がかかったよ、アルバス・セブルス・ポッター。父親に対する劣等感かと思ったけど、今ようやくわかったわ……愛。さあ、言われた通りにしないとスコーピウスは死ぬよ、この——スペアと同じように。

彼女はほほ笑む。彼女はタイムターナーを指す。アルバスとスコーピウスはクレイグの死体を見て、彼女のところへ行く。

デルフィー　ヴォルデモーが復活して、このオーグリーが彼の隣に座る。今こそ！

彼女がタイムターナーを叩《たた》くと、タイムターナーは回り始める。

そして世界が真っ暗になる。

そして何かを吸うような音がする。バンという音。

二幕　十一場　三大魔法学校対抗試合。迷路。一九九五年

デルフィーが決然とした態度で迷路を歩いている。彼女は左手に持った杖《つえ》を前に掲げている。後ろに――右手で――アルバスとスコーピウスを引っ張っている。二人の上半身は縛られており、彼女の黒魔術により強制的に足を動かされている。

ルード・バグマン　レディース・アンド・ジェントルメン――ボーイズ・アンド・ガールズ――今日は地上最大――最強――唯一無二の魔法学校対抗戦、トライ・ウィザード・トーナメントをお届けします。

大歓声が上がる。デルフィーが左に曲がる。

ルード・バグマン　ホグワーツ校の皆さん、ご声援お願いします。

大歓声が上がる。

ダームストラング校の皆さん――ご声援お願いします。

大歓声が上がる。

ボーバトン校の皆さん、ご声援お願いします。

鼻につくほどの大歓声が上がる。

デルフィーと少年二人は生け垣が迫ってくるので先に進まざるをえない。

ルード・バグマン　フランスのみなさんも本領を発揮しました。いよいよ最終課題です。謎めいた迷路、制御不能な闇の弊害、なぜならこの迷路は――生きている。生きているんです。

デルフィー　どこだ？　セドリックは？

彼らは迷路を進んで行く、スコーピウスとアルバスはデルフィーに無理矢理歩かされている。彼女が前を歩いているので、少年二人には話をするチャンスがある。

スコーピウス　アルバス、何とかしないと。
アルバス　うん、でもどうしろってんだよ。行くぞ。

また一つ生け垣が方向を変え、デルフィーはアルバスとスコーピウスを自分の方へ引っ張る。二人はこの絶望の迷路を歩き続ける。

ルード・バグマン　現在までの成績をもう一度おさらいしておきましょう！　同率第一位——ミスター・セドリック・ディゴリー、そしてミスター・ハリー・ポッター。第二位——ミスター・ビクトール・

クラム！　そして第三位――オー、サクレブルー――ミス・フラー・デラクール。さあ、勝利を勝ち取るのは誰か？　最後のハードルでつまずくのは誰か？　これは最後までわかりません。

アルバス　どこ行った？

デルフィー　もう三分経《た》った。残り二分。まだ私に勝てると思ってるのか？

スコーピウス　いや。勝てない。でも刃向かうことはできる。

デルフィー　口の減らないガキだ、クルーシオ。

スコーピウスは苦痛に喘《あえ》ぐ。

アルバス　スコーピウス！

スコーピウス　これは試練だ、一緒に乗り越えよう。

アルバスはスコーピウスを見る。ついに、自分がすべきことに気づく。彼はうなずく。

デルフィー　何、あんた死ぬ気なの？　クルーシ……

男（セドリック）が割り込んでくる。

男の声　エクスペリアームス。

バン。デルフィーの杖《つえ》が彼女の手から引き離される。スコーピウスは驚いている。

男の声　デパルソ。

デルフィーが吹き飛ばされる。スコーピウスとアルバスは同時に振り返り、閃光《せんこう》が発射されたところを驚いて見つめる。そこに十七歳前後の眉目秀麗な若者、セドリックがいる。

セドリック　それ以上近づくな。
スコーピウス　え、君は……
セドリック　セドリック・ディゴリーだ。これも課題なのか？
スコーピウス　うん。課題は僕たちの縄を解くこと——

セドリックはこれが罠《わな》かどうか考え、それから杖《つえ》を振る。

セドリック　エマンシパレ。エマンシパレ。

少年たちは自由になる。

セドリック　もう行っていいかな？　迷路の続きに戻っても？

二人はセドリックを見る——悲しみで胸が一杯である。

アルバス　君はこの課題をやり遂げなければいけないんだよね。

セドリックはどうどうと歩いて行こうとする。スコーピウスはデルフィーが身じろいでいるのに気がつき、向き直るが、何をしているのかははっきりと見えない。

アルバス　セドリック……（長い間）君のお父さんは君をとても愛している。
セドリック　え？
アルバス　君のお父さんは君をとても愛している。それだけ伝えたかったんだ。
セドリック　そう。ありがとう。

セドリックはアルバスをもう一度見て歩いて行く。デルフィーがローブの内側からタイムターナーを引っ張り出す。

スコーピウス　アルバス。

アルバス　だめ。待って……

スコーピウス　時計が回り出した……見てデルフィーが……

二人は間一髪でタイムターナーの端にしがみつく。

そして時間が止まる。それから時間は向きを変え、少し考え、そして最初はゆっくりと戻り出す。

それからスピードアップする。

アルバス　どうなったんだ？

スコーピウス　タイムターナーに置いてかれるわけにはいかなかったから。デルフィーを止めないと。

デルフィー　これ以上お前たちに貴重な時間を使っていられない。別の手に出る。

彼女はタイムターナーを破壊する。タイムターナーは一千もの破片に砕け散る。

デルフィーは再び空中に舞い上がる。彼女は歓喜の笑い声を上げながら勢いよく飛び去る。

少年たちは追いかけようとするが、まったく追い付けない。彼女は飛んでいて、彼らは走っている。

アルバス　待て……くそ……どうして……

スコーピウスは振り返り、タイムターナーの破片を拾おうとする。

アルバス　これ、タイムターナー？　破壊されたのか？

スコーピウス　粉々だ。僕たち出られなくなった。この時間から。今がいつであろうと。デルフィーが何を企《たくら》んでいようと。

アルバス　スコーピウス、デルフィーを止めなくちゃ、僕たちで。

スコーピウス　うん。でもどうやって？

二幕　十二場　**デルフィーの部屋。エイモスの家**

ハーマイオニー　魔法省で調べたけど——彼女に関する記録は一つもないの。影みたいだわ。

ロン　ディゴリー家の人間じゃないってことは確かだ。エイモスには姪《めい》っ子がいないって話だし。

ジニー　エイモスに「錯乱せよ」の魔法をかけて、私たちにもそうした。

ドラコ　*スペシアリス・リヴェリオ（*開示せよ）。

ロン　（ふざけた言い方で繰り返す）スペシアリス・リヴェリオ。

全員がドラコの方を振り向く。

ドラコ　どうした、大事なことだろう、何をぐずぐずしてる？　正体がわからないんだから手掛かりを見つけ出すしかない。

ドラコはベッドを、ジニーは照明を、残りの者たちは壁のパネルを調べ始める。

ロン　（壁をどんどん叩《たた》きながら叫ぶ）おーい、何隠してんだ？　ここに何かあるのかぁ？

ハーマイオニー　みんなちょっと手をとめてもう一度考えてみた方が――

ジニーが灯油ランプの火屋《ほや》をねじる。呼吸のような音が漏れてくる。それがシューシューという言葉になる。全員そちらを向く。

ハーマイオニー　今の何？

ハリー　今のは――いや、どうしてわかったんだろう？――今のはパーセルタン、蛇の言葉だ。ヴォルデモーが死んでから蛇とは喋《しゃべ》れなくなったのに。

ハーマイオニー　傷も痛まなくなっていた。

ハリーはハーマイオニーを見る。

ハリー　「ようこそオーグリー」って言ってた。この先を聞くには全てを解き放つように命令しないと……

ドラコ　じゃあ命令しろ。

ハリーは目をつぶる。

ハリー　サイーッシ　ナールディームハイヤー　セクンドゥラー。

部屋の様子が変わり、暗く、さらに危険な雰囲気になる。うねっている一群の蛇の絵が壁中に現れる。そしてその絵の上に、蛍光色で書かれた予言が出現する。予言に照明を当てると、劇場中の壁に予言が現れる。

ドラコ　何だこれは？

ロン　見て！「スペアが救われ、時が戻され、見えない子らがその父を殺す時――闇の帝王が蘇《よみがえ》る」。

ジニー　予言。新たな予言。

ハーマイオニー　セドリックだわ――スペアって呼ばれたのは、セドリック。

ロン　時が戻され、って――あの女、タイムターナーを持ってるのか？

ハーマイオニー　でもどうしてスコーピウスとアルバスを連れてったんだろう？

ハリー　僕が父親だからだ――自分の子供が見えてなかった。自分の子供のことがわかってない父親だから。誰なんだ、あの女は？

ジニー　ここまで闇の世界にとりつかれているとは。
その答え、わかったかも。

彼らは彼女の方を向く。彼女は上を指差す……彼らの表情が一様に恐怖に満ちていく。というのも、彼らの頭上の天井にも、劇場の天井にも浮かび上がっている文字には……

ジニー　「私が闇を復活させよう。父上を連れ戻そう」。

ロン　え。嘘《うそ》だろ。

ハーマイオニー　まさかそんな……

ドラコ　ヴォルデモーに娘がいたのか？

ハリー　娘。究極の分霊箱だ。

彼らはぞっとして上を見る。ジニーがハリーの手を取る。

二幕　十三場　アヴィーモア駅。一九八一年

アルバスとスコーピウスが不安げに駅長を見ている。

アルバス　あの人に話しかけてみようか?

スコーピウス　こんにちはマグルの駅長さん。質問があるんです。この辺りを魔女が飛んで行きませんでしたか?　それと、今は何年でしょうか、って?

アルバス　あーあ、何がやばいって、オヤジは俺たちがわざとやったと思うに決まってる。

スコーピウス　アルバス。それ本気で言ってる?　本気の本気?　僕たち閉じ込められたんだよ——過去に——たぶん——永遠に——なのにパパにどう思われるかを心配してるなんて。

駅長　(とても強いスコットランド訛《なま》りで)オールド・リーキー列車さおぐれ

スコーピウス　でっことしってるか？
駅長　はい？
あんだらエデンバラ行きさまってんなら、おっぐれでっからな。線路さ工事しでっから。あっだらしい時刻表に出てっがらな。

二人は駅長を見る、すっかり当惑している。
駅長は彼らに修正版の時刻表を渡す。

駅長　おっぐれでるよ。

アルバスはそれを受け取り真剣に見る。大きな情報を摑《つか》んで彼の表情が変わる。スコーピウスはただ駅長を見つめている。

アルバス　彼女の居場所がわかった。
スコーピウス　今の聞いてわかったの？

アルバス　日付を見てみ。時刻表の。

スコーピウスは身を乗り出して読む。

スコーピウス　一九八一年十月三十日。三十九年前の、ハロウィーンの前の日。あ。

スコーピウスは気がついて表情を曇らせる。

アルバス　オヤジの両親が死ぬ日。赤ん坊だったオヤジも襲われる……今から二十四時間後に、ヴォルデモーは赤ん坊のハリー・ポッターを殺そうとして自分に呪文を浴びる。デルフィーはそれを阻止する気だ。

スコーピウス　彼女は自分でハリーを殺すつもりか？

アルバス　ゴドリックス・ホロウに行かないと。早く。

二幕　十四場　**魔法省、ハリーの執務室**

ハリーがあわてて書類を見ている。

ダンブルドア　こんばんは、ハリー。

短い間。ハリーは顔を上げる。
今度はダンブルドアの全身の肖像画である。

ハリー　ダンブルドア先生。僕の職場にようこそ、光栄です。どこにいらしたんですか？

ダンブルドア　今はここにいる。

ハリー　戦いに負けるのを見に来たんですか。帰って下さい。ここにいてもらわなくても結構です。あなたは大事な時にはいつもいてくれなかった。僕はあいつと三回対決したが、三回ともあなたはいなかった。必要とあらばまた受けて立ちます——一人で。

ダンブルドア　ハリー、私が代わりに戦ってやりたいと思わなかったとでも思うのかい？　出来れば君を危険な目に遭わせたくなかった——

ハリー　愛情のせいで目が見えなくなる？　あれがどんなによくないアドバイスだったか、わかってますよね？　息子は——アルバスはみんなのために戦っている、かつての僕のように。そして僕は悪い父親だった、かつての先生のように。愛を感じられないところに子供を置き去りにして——子供は恨みをつのらせ、理解するのに何年もかかる——

ダンブルドア　プリベット通りのあの家に預けられたことを言っているのなら——

ハリー　何年も——何年も僕はあそこでひとりぼっちだった。自分が何者なのかも知らずに、どうしてそこにいるのかも、心配してくれる人がいることも知らずに！

ダンブルドア　私は――君と距離を置いておきたかったんだ。

ハリー　自分を守るために。あの時からそうだった！

ダンブルドア　いいや。君を守るためだ。君を傷つけたくなかった……

ダンブルドアは肖像画から手を伸ばそうとするが、出来ない。彼は泣き出すが、それを隠そうとする。

ダンブルドア　しかし、ついに君に会うことになった……十一歳になった君は、そりゃあ勇敢だった。……そして私にはことが再び起きることがわかっていた……愛する世界に自分が取り返しのつかない損害を与えてしまうことも……私は人を愛すると必ず害を及ぼしてしまう……私には見えていなかった。まさか君が、この偏屈で狡猾《こうかつ》で危険な老人に……愛されていることを知りたがるとは。

ハリー　言ってくれてたらここまで傷つくことはなかったのに。

間。ハリーはダンブルドアのその苦悶《くもん》する姿に唖然《あぜん》とする。

ダンブルドア　ハリー、この感情の渦巻く乱雑な世界には、完璧な答えはない。完璧というのは人の手の届かないところにある、魔法を使っても届かない。幸せに光り輝いている瞬間にも、必ずあの一滴の毒があるからね。苦しみがまた訪れることに気づいてしまう、という毒が。苦しむことは、呼吸するのと同じくらい人間的なことだ。

彼は去ろうとする。

ハリー　行かないで！

ダンブルドア　愛する人たちは永遠に自分と共にあるのだよ、ハリー。死が分かてないものもある。絵の具と……記憶……それと愛。

ハリー　先生、僕も先生を愛しています。

ダンブルドア　知っているよ。

彼は去る。そしてハリーは一人残される。ドラコが入ってくる。

ドラコ　知っていたか、あっちの——スコーピウスが見てきたあっちの現実では、私が魔法省魔法法執行部の長官だった。この部屋は間もなく私のものになるかもしれないな。おい、大丈夫か？

ハリーは悲しみにやつれている。

ハリー　入れよ——長官殿に中を案内してやろう。

ドラコはためらいがちに部屋の中へ入る。

彼は周囲を見回し嫌悪感を表す。

ドラコ　と言っても——私は魔法省で働きたいと思ったことは一度もない。子供の時でさえ……悪いな、こういうお喋《しゃべ》りは苦手なんだ、いきなり本題に入ってもいいかな？

ハリー　もちろん。なんだ——改まって？

短い間。

ドラコ　タイムターナーはセオドール・ノットが持っていたあれ一つだけだと思うか？

ハリー　どういう意味だ？

ドラコ　魔法省が押収したものは試作品だ。安い金属で作られている。あれは闇の魔術を本気で収集しているコレクターに売る代物ではないということだ。

ハリーはドラコが何を言いたいのかわかる。

ハリー　ノットの客は君だったのか？

ドラコ　違う。私の父だ。父は誰も持っていないものを所有するのが好きだった。

ハリー　そしてそれを君が保管していた？

ドラコはタイムターナーを見せる。

ドラコ　五分で切れる欠陥はない、黄金のようにきらめいている、マルフォイ家の好みにぴったりだ。なに笑ってる？

ハリー　さすがハーマイオニー・グレンジャーだ。彼女があのタイムターナーを破壊しなかった理由はそれだった。二つ目が存在しているかもしれないと思ったから。ドラコ、バレたら、アズカバンに送られてたな。

ドラコ　それだけじゃない――私に時間の移動ができると知れたら。あの噂《うわさ》は――信憑性《しんぴょうせい》がぐんと高まっただろう。

ハリー　スコーピウスか。

ドラコ　私たちには子供を作る能力はあったがアストリアは体が弱くて。長くは生きられない運命と自分でもわかっていた。自分が死んでも私のそばにいてくれる誰かを残したいと言っていた……ドラコ・マルフォイという存在は並外れて孤独だから。私がこれを手放せずにいたのは、心のどこかに使いたい気持ちがあったからかもしれない。たとえ一分でもアストリアと過ごせるなら魂を売ってもいいと……

ハリー　いや、ドラコ……だめだ。それを使うわけにはいかない。

ドラコ　息子たちを見つけなければ。

ドラコは顔を上げてハリーを見る、そしてはじめて――この恐ろしい穴蔵の底にいるような状態の中で――二人は友だちとして見つめ合う。

ハリー

どこにいるのか、どの時代にいるのかもわからない。今はあの子たちに任せるしかない——僕らを救えるのはあの子たちだけだ。

二幕　十五場　ゴドリックス・ホロウ。ジェームズ&リリー・ポッターの家の外。一九八一年

アルバスとスコーピウスはゴドリックス・ホロウの中心街を歩いている。賑《にぎ》わいのある美しく小さな町である。

スコーピウス　まあ、見た感じ攻撃を受けた痕跡はないね……

アルバス　ここがゴドリックス・ホロウかぁ。オヤジ、一度も連れてきてくれなかった。

スコーピウス　町を見て回る時間はないね――でも――見てあれ。教会だ、セント・ジェローム教会……あそこにハリー・ポッターとその両親の銅像が……

アルバス　オヤジの銅像があるの？

スコーピウス　今はまだないけど。きっとこれから。たぶんね。あ、あそ

アルバス　こ——バチルダ・バグショットが住んでたうち、じゃなくて今住んでるのか……

スコーピウス　バチルダ・バグショット？『魔法界の歴史』を書いたバチルダ・バグショット？

アルバス　そうその人。

バチルダ・バグショットが家から出てきて彼らの脇を通り過ぎて行く。

スコーピウス　すごい、本人だ。ひゃー。どうしよう。僕のオタク魂が震える。

アルバス　スコーピウス！

スコーピウス　で、こっちは——

アルバス　ジェームズとリリーとハリー・ポッターの家だ……確かにまだ襲われてない、ってことはデルフィーはまだ来てない……間に合った……

間。

スコーピウス　で、どうする？

アルバス　それは今から考える。どうするか？　どうすればオヤジを守れる？

スコーピウス　教えるんだよ――未来の人に。君のパパにメッセージを送ろう。

アルバス　でも僕たちはタイムトラベルの出来るフクロウを持ってないし、君のパパはタイムターナーを持ってない。

スコーピウス　メッセージさえ届けば、オヤジならなんとしてでもここに来る方法を見つけるよ。自分でタイムターナーを作ってでも。

二人の少年は考えられる限りの思考を巡らす。

スコーピウス　記憶を残そう――「憂いの篩《ふるい》」みたいに。赤ん坊のハリーの枕元に立ってメッセージを伝える、それを大人になってバッチリのタイミングで思い出してもらう。赤ん坊のハリー・ポッターの枕元で――繰り返し叫ぶ、「ヘルプ」「ヘルプ」「ヘルプ」って。

アルバス　ちょっとトラウマになるかもしれないけど。

スコーピウス　ちょっと？

アルバス　だよね。だめだねこのアイデアは。ねえ、永遠に闇の時代が始まる時に誰か一緒にいる人を選ぶとしたら、僕は君を選ぶよ。

スコーピウス　悪いな、俺はもっと頼りがいのある魔法のうまい相棒を選ぶ。

リリーとジェームズSr.が家からベビーカーを押して出てくる、アルバスはそちらに歩み寄る。

スコーピウス　アルバス、近づき過ぎ。

彼女はハリーに丁寧に毛布を掛ける。

アルバス　オヤジの毛布だ。毛布で赤ん坊をくるんでる。
スコーピウス　うん、今日は少し寒いからね。
アルバス　いつも言ってた——母親が残してくれたのはあれだけだって。

アルバスにある考えがひらめく。

アルバス　スコーピウス——オヤジは今でもあの毛布を持ってる。
スコーピウス　でもどうしようもないね。今あれにメッセージを書いたら——どんなに小さい字でも——すぐに気づいて読んじゃって、歴史が乱れる。
アルバス　ねえ、惚《ほ》れ薬《ぐすり》のこと詳しい？　必ず入ってる成分ってある？
スコーピウス　うん、真珠の粉。
アルバス　真珠の粉？　それ珍しくない？
スコーピウス　そりゃあ高価だから。なんでそんなこと聞くの？
アルバス　ホグワーツに行く前の晩にオヤジと喧嘩《けんか》したんだ。

スコーピウス　だと思った。それで僕たちはこういう大変な目にあってるのか。

アルバス　毛布をベッドに投げつけたら、ロン伯父さんがくれた惚れ薬《ほれぐすり》に当たって、中身が毛布にドバっとかかった。でさ、オヤジがポロっと言ったんだけど、僕が家を出たあとママは僕の部屋を誰にも、オヤジにも触らせてないって。

スコーピウス　で？

アルバス　で、あっちも明日はハロウィーンだ――オヤジ、言ってたんだ、ハロウィーンにはあの毛布を出して一緒に過ごしたいって。

スコーピウス　まだよくわかんないんだけど。

アルバス　真珠の粉は何と反応する？

スコーピウス　えっと、「デミガイズのチンキ液」と混ざると……燃える。

アルバス　そのチンキ液は人の目に見える？

スコーピウス　いや、見えない。

アルバス　じゃあ、あの毛布を手に入れて、「デミガイズのチンキ液」で文字を書けば……

スコーピウス　（ピンとくる）惚《ほ》れ薬《ぐすり》がかかるまでは何も起きない。君の部屋で。現代の時間に。ダンブルドアに誓って、それ絶対いける。

アルバス　問題はどこでチンキ液を手に入れるかだ。

スコーピウス　噂《うわさ》によると、バチルダ・バグショットは魔法使いがドアに鍵を掛けても意味ないと思っていたそうだ。（彼が試すと、ドアが開く）噂《うわさ》、本当だったね。よし、杖《つえ》を二、三本拝借して、チンキ液を作ろう。

二幕　十六場　ハリー&ジニー・ポッターの家。アルバスの部屋

ジニー　びっくり、ここにいたんだ。

ハリー　心配しないで、何も触ってない。君の聖堂は侵してない。(自分の言葉にひるんで) ごめん、聖堂だなんて縁起でも無い。

ジニーは何も言わない。ハリーは彼女を見上げる。

ハリー　これまで何度も悲惨なハロウィーンを過ごした――でも今回は間違いなく――最悪から二番目だ。僕がアルバスを追いやったんだ。あの女の元へ。

ジニー　戦いにもう負けたみたいな言い方はやめない？

ジニーはうなずく。ハリーは泣き出す。

ハリー　ごめんジニー……僕なんて生き残らなければよかった――死ぬ運命にあったんだから――ダンブルドア先生もそう思ってた――なのに生き残った。そしてヴォルデモーを倒した。でもあんなに多くの人が――あの人たちは――あの少年、クレイグは、セドリックは、父さんと母さんは、フレッドは、ホグワーツの戦いで死んだあの五十人は――生き残るのはいつも僕なのか？　どうして？　こんなことになってしまって――全部僕のせいだ。

ジニー　彼らを殺したのはヴォルデモーよ。

ハリー　でも僕がもっと早くやつを仕留めていたら？　生き残った男の子。その子のために何人の人が命を落とさなければならないんだ？

ジニー　やめて。それ。その言い方。私の兄と、私の息子のことをそんなふうに。そう言いたくなるのはわかるし、あなたが大変な人生を生きてきたのもわかる。でもお願い。希望を持って。お願

ハリー　い。あの子は死んでない。ハリー、聞こえてる？　アルバスは死んでないから。この毛布だけだ……あのハロウィーンの。両親の形見はこれだけなんだ。

不幸だけに満ちた長い間。

彼は毛布を手に取る。それを見る。

ハリー　穴が開いてる。ロンのふざけた惚《ほ》れ薬《ぐすり》がかかって焼けちゃったんだな。穴だらけ。見てこれ。ボロボロだ。ボロボロ。

彼は毛布を広げて見せる。焼けて文字が書かれていく。

ジニー　ハリー……

ハリー　ん？

ジニー　これ――何か――字が出てきた――

舞台の別の場所にアルバスとスコーピウスが現れる。

アルバス　パパ……

スコーピウス　「パパ」で始めるの？

アルバス　僕からだってわかるように。

スコーピウス　ハリーって名前だから。「ハリー」で始めた方がいい。

アルバス　いや、「パパ」で始める。

ハリー　「パパ」、パパって書いてあるのか？　はっきりしないけど……

スコーピウス　「パパ、へ・ル・プ」

ジニー　「ハ・ロ・ウ」？　「ハロー」って書いてあるんじゃない？　その

ハリー　あとは、グ・ド。「パパ　ハロー　グッド　ハロー」なんなんだ……変わったジョークだな。

アルバス　「パパ。ヘルプ。ゴドリックス・ホロウ」

ジニー　ちょっと貸して。私の方が目がいいから。ほんとだ。パパ　ハロー　グッド――こっちはハロージャない――ホローかな？　それと数字が――これははっきり読める――31／10／81。マグルの使う電話番号っていうやつかしら？　それか、等高線の数字か……

ハリーは顔を上げる、驚いて。

ハリー　違う。日にちだ。

一九八一年十月三十一日。父さんと母さんが殺された日。

ジニーはハリーを見て、そしてまた最初の文字に戻る。

ジニー　これ、ハローじゃない。ヘルプよ。

ハリー　「パパ　ヘルプ。ゴドリックス・ホロウ。31／10／81」

メッセージか。なんて賢い、僕たちにメッセージを送ってきた。

ハリーはジニーにしっかりとキスをする。

ジニー　これ、アルバスが書いたの？

ハリー　今どこにいて、それがいつなのか知らせてきた。これであの女の居場所もわかった、どこへ行けば戦えるのか。

彼は再びジニーにしっかりとキスをする。

ハリー　ハーマイオニーにフクロウ便を送ってくる。君はドラコに送ってくれ。

ジニー　タイムターナーを持ってゴドリックス・ホロウに来るように。

ハリー　チャンスが巡ってきたわね、ハリー。

ダンブルドアに誓って、このチャンスは絶対ものにする。

二幕　十七場　**ゴドリックス・ホロウ**

ロン、ハーマイオニー、ドラコ、ハリー、そしてジニーが現在のゴドリックス・ホロウを歩いている。賑《にぎ》わっている田舎町（長年の間に発展している）。

ハーマイオニー　ゴドリックス・ホロウ、二十年振りだわ。

ジニー　気のせいか、前よりマグル多くない？……

ハーマイオニー　週末に遊びに来る人気スポットになってるのよ。

ドラコ　そうだろうな——ほら、あの茅葺《かやぶ》きの家並み。あっちにあるのは市場じゃないか？

ロンはドラコを見る、彼の豊かな叙情性に驚いている。ドラコは突き刺すような視線でロンを見返す。

ハーマイオニー　最後にここに来たときのこと覚えてる？

ロン　なんだか昔に戻ったみたい。

ドラコ　余計なポニーテールが交ざってるけどね。

ロン　おい、言っておくが……

ハーマイオニー　マルフォイ、お前も今はハリーとは仲良しこよしのようだし、なかなか出来のいい息子がいるかもしれないが、お前がこれまで俺の妻に向かって浴びせた無礼な発言は……

あなたの妻はちゃんと自分でやり返せるから、あなたの口出しは必要なし。

ハーマイオニーは威圧的にロンを見る。

ロン　まあいい。でも今度またハーマイオニーを侮辱したら、一発……

ドラコ　一発、どうするんだ、ウィーズリー？

ハーマイオニー　ハグするんでしょ。だって私たち今は同じチームなんだから、そうよね、ロン？

ロン　（彼女のぶれない視線を目の当たりにしてひるむ）ああ、まあ、うん、ドラコ、その髪型なかなかいいね。

ハーマイオニー　ありがとう、ロン。このあたりね。じゃあやりましょう……

ドラコがタイムターナーを取り出し、それをハーマイオニーに渡す——彼女はほほ笑んで、そして杖《つえ》でそれを軽く叩《たた》く。それは激しく回転し始める。

巨大な閃光《せんこう》が走る。砕けるような大きな音がする。

そして彼らはまったく同じ場所にいる……

ロン　あれ？　うまくいったの？

二幕　十八場　ゴドリックス・ホロウ。一九八一年

アルバスが驚いて顔を上げてジニーを見上げる。

アルバス　ママ？

ハリー　アルバス・セブルス・ポッター。よかった無事で。

アルバスは走って行ってジニーに両腕で抱きつく。ジニーは嬉《うれ》しそうに彼を抱き留める。

アルバス　僕たちのメッセージ届いた……？

ジニー　ええ届いた。

スコーピウスは小走りで父親のところへ行く。

ドラコ　なんなら私たちもハグしようか……

スコーピウスは一瞬どうしたらよいか決められずに父親を見上げている。そして父親の腕に飛び込む。ドラコはほほ笑む。

ロン　で、そのデルフィーとやらはどこにいるんだ？
スコーピウス　デルフィーのこと知ってるんだ？
アルバス　ここにいる——パパを殺すつもりだと思う——ヴォルデモーが自分の呪いを浴びる前にパパを殺して最初の予言を破って……
ハーマイオニー　ええ、私たちもそうじゃないかと思ってた。で、彼女は今この町のどこにいるのかわかる？
スコーピウス　消えちゃったんだ。
ハーマイオニー　今は一秒も無駄にできない。すぐに態勢を整えないと。どこから現れるか見当もつかないわね。この町全体を見渡せる場所はどこかしら——周りが見渡せて、さらに重要なのは、自分たちが姿を隠せるところ。

全員顔をしかめて考える。

ハーマイオニー　全ての条件に合うのは、セント・ジェローム教会。

二幕　十九場

ゴドリックス・ホロウ。セント・ジェローム教会。鐘楼。一九八一年

アルバスは窓辺でジニーの膝に抱かれている。ハリーは反対側の窓から外を見ている。

ハリー　だめだ。影も形もない。どうして来ないんだ?

ジニー　来るわよ、その時になれば。だからこっちも用意しておこう。

ハリー　私たち大人は。

ジニー　可哀想《かわいそう》に、この子は自分が世界を救わなきゃいけないと思ってたんだ。

ハリー　救ったわ。毛布のメッセージは大したもんだった。危うく世界を破滅させるところでもあったけれど、そこはまあ、目をつぶりましょう。

ハリー　ちゃんとわかってるのかなぁ？　僕が愛してるってこと。
ジニー　アルバスには少し時間が必要かもしれないわね。ハリー、あなたにも。
ハリー　時間をかけないと。この子には。
ジニー　アルバスのためならなんでもする。
あなたは誰のためでもなんでもする人よ。世界のために喜んで自分を犠牲にしてきた。でもアルバスに必要なのは自分だけに向けられた特別な愛情なの。
ハリー　僕はね、アルバスがいなくなって、母が僕のためにしてくれたことを初めて理解できた。ヴォルデモーの死の呪文を跳ね返すほどの強力な反対呪文。
ジニー　ヴォルデモーに理解できなかった唯一の呪文ね――愛。
ハリー　僕だってアルバスにちゃんと特別な愛情を持ってる。
ジニー　ええ。でもそれを感じさせてやって。
（ジニーに急にある考えが浮かぶ）ハリー、どうして今なんだと思

ハリー　う？——どうして今日なの？

ジニー　だって全てが変わった日だから……でもあなたを殺すならいつでもいいじゃない？　なのにどうして今日なの？　彼女が待っているのはあなたじゃない——彼よ……彼を止めるために。

ハリー　え？

ジニー　デルフィーが今夜を選んだのは彼がここに来るから——父親が来るから。会いたいのよ父親に、愛する父に。ヴォルデモーの受難はあなたを攻撃したときに始まった。もしあれがなければ……

ハリー　彼はさらに強くなり——闇はさらに濃くなっていた。

ジニー　歴史を変える一番いい方法はハリー・ポッターを殺すことじゃない、ヴォルデモーに何もさせないこと。

二幕二十場　ゴドリックス・ホロウ。セント・ジェローム教会。一九八一年

ロン　じゃあ何か？——俺たち、ヴォルデモーを守るために戦うのか？

アルバス　ヴォルデモーにお祖父《じい》ちゃんとお祖母《ばあ》ちゃんを殺させる。ヤツはパパのことも殺そうとする。

ハーマイオニー　そうか、ジニーの言う通り。デルフィーはハリーを殺しに来るんじゃない——ヴォルデモーがハリーを殺そうとするのを止めに来るのよ。ジニー、それ正解。

ドラコ　ということは——ただ待つのか？　ヴォルデモーが現れるのを。

アルバス　デルフィーもヴォルデモーがいつ現れるのか知らないんだと思う。いつどこから来るかわからないから二十四時間も前からここで待機してるんだ。歴史の本にはヴォルデモーがいつどう

やってゴドリックス・ホロウにやって来たのかは書かれていない。
合ってる？

同時 ┌ スコーピウス
　　 └ ハーマイオニー　正解。

ロン　やばい。なんか二人になってる。
アルバス　僕が本当に得意なの何だか知ってる？
ハリー　何だろう、たくさんあるからな。
アルバス　ポリジュースでの変身。バチルダ・バグショットの家にはポリジュースを作る材料が揃《そろ》ってるかもしれない。ポリジュースでヴォルデモーに変身して彼女をおびき出す。
ロン　でもその人物のものが何かないとポリジュースは作れない。ヴォルデモーのものは何もない。
ハーマイオニー　でもいいアイデアだわ、ネズミの振りをして猫をおびき出す。
ハリー　ポリジュースがなくても、変身の魔法でどこまでそっくりにな

ハーマイオニー　れるかな？

ハリー　彼の顔も姿もわかってる。そしてここには優秀な魔法使いが集まっている。

ここはやっぱり——僕がやるしかない。

全員ハリーの方を向く。

ジニー　本気でヴォルデモーに変身する気？

ハリー　彼女に本物のヴォルデモーだと信じさせなければいけない、一分の隙もなく。僕にはわかるんだ——やつの感覚が。やつの存在がどういうものなのか。僕がやるしかない。

全員ハリーに向き直り、彼を見ている。

ロン　ばかげてる。見事な理屈だけど見事にばかげてる。ハリーがや

ハリー　るなんて絶対だめだ。ジニー。（ジニーとハリーはアイコンタクトをとる）君がどうしてもやめてくれというならやらない。でもこれしか道はないと僕は思う、違うかな？

ジニーは一瞬考えてから微《かす》かに暗い笑みを浮かべる。ハリーの表情がこわばる。

ジニー　ええ、そうね。
ハリー　よし、じゃあやろう。
ドラコ　まずどういう手順でいくか、考えなければ——
ロン　簡単だよ。ハリーが彼女をここへおびき寄せる。で、俺たちみんなでボコる。
ドラコ　ボコる？

ハーマイオニーは部屋を見回す。

ハーマイオニー　みんなはドアの後ろに隠れる。ハリーがこの光のところへ彼女をおびき寄せたら（彼女は薔薇窓《ばらまど》から差し込む光が床に当たっているところを指す）――一斉に飛び出して逃がさない。

ロン　そしてみんなでボコる。

ドラコ　だめだ、変身の魔法は不安定で危険だ――呪文が途中で切れたら――

アルバス　スコーピウスのお父さん、お願い、パパを信じて。絶対みんなの期待に応えてくれる。

ハリーはアルバスを見る――感動している。

ハーマイオニー　さあ、杖《つえ》を。

みな自分の杖《つえ》を出す。ハリーも自分の杖《つえ》を握りしめる。

ひとつの光が構築されて——全てを覆っていく……

変身はゆっくりで、奇っ怪である。

しかし、ハリーの内側からヴォルデモーが誕生する。彼は友人と家族を見る。

ロン　うおぅ、やっべぇ。

ハリー／ヴォルデモー　うまくいったってこと？

ジニー　（重々しく）ええ。うまくいった。

ゴドリックス・ホロウ。セント・ジェローム教会。一九八一年

二幕　二十一場

ロン、ハーマイオニー、ドラコ、スコーピウス、そしてアルバスが窓のところに立ち、外を見ている。ジニーは見ることが出来ない。彼女はずっと後方に座っている。

アルバスは母親が離れて座っているのに気がつく。彼は彼女の方へ歩いて行く。彼は彼女と一緒に座る。

アルバス　ママ、大丈夫だってば、ね？　きっとうまくいく。

ジニー　ええ。そう祈ってる。ただ——見たくないのよ、あんな姿。愛する人が憎むべき姿になってるなんて。

アルバス　全部僕のせいだ。

ジニーは彼を両腕に抱く。

ジニー　おかしいわね。パパはパパで全部自分のせいだと思ってる。あなたたちってホントおかしな親子。

アルバス　僕、デルフィーのこと好きだったんだ。それかそう思い込んでいたのか。彼女――ヴォルデモーの娘だったんだね。

ジニー　惑わされたのよ、あなたは。でもそのあと自分で本当の自分に気がついた。そういうあなたをママは誇りに思うわ。

スコーピウス　来た。あれだ。ハリーを見つけたんだ。

ハーマイオニー　総員、配置。位置について。いい、この光の中に入るまで出ちゃダメよ。

全員素早く動く。

ドラコ　この私がハーマイオニー・グレンジャーに命令されて動いてる

とはな。（彼女は彼の方を見る、彼はほほ笑む）これも悪くない。

スコーピウス　パパ……

スコーピウスはほほ笑む。彼らは分散する。彼らは大きな二つのドアの背後に隠れる。

ハリー／ヴォルデモーが教会に入ってくる。彼は数歩歩いてから振り返る。

ハリー／ヴォルデモー　私のあとをつけているのはどこの魔女だ、後悔するぞ。

デルフィー　ヴォルデモー卿《きょう》。私です。あとをつけてきたのは。

ハリー／ヴォルデモー　お前など知らぬ。消えろ。

彼は向きを変えて祭壇の方へ歩いて行く。

デルフィー　あなたの娘です。

ハリー／ヴォルデモー　私の娘なら私が知らないはずはない。

デルフィー　未来から来ました。父上とベラトリックス・レストレンジの間に生まれた子供です。ホグワーツの戦いの前にマルフォイの屋敷で生まれました。その戦いで父上は命を落とします。私は父上をお救いしに来ました。

ハリー／ヴォルデモーは振り返る。

デルフィー　私はあなたの娘です。

ハリー／ヴォルデモー　ベラトリックスのことはよく知っている。お前の顔は彼女に似たところがある――しかし証拠がなければ――

デルフィーは何の苦も無く空中に上がる。

デルフィー　私は闇の帝王に仕えるオーグリー、私の全てを捧《ささ》げてあなたのお役に立つ覚悟です。

ハリー／ヴォルデモー　（ショックを受ける――しかしそれを表さないよう努めながら）飛ぶ術《すべ》を――私から学んだと言うのか？

デルフィー　私はあなたが敷いた道をたどってきました。

ハリー／ヴォルデモー　ではここへ、娘よ、この光の中へ。私の血が作りだしたものをとくと見せてもらおう。

デルフィー　父上が遂行しようとしているミッションは誤りです。ハリー・ポッターを攻撃してはなりません。ハリーは母の愛情をまとっていて、父上の呪文は跳ね返され、父上が破滅してしまいます。

ハリー／ヴォルデモーの手がハリーの手になる。彼はそれを見て驚き、戸惑う。そして素早く袖の中へ手を引っ込める。

ハリー／ヴォルデモー　ではやつを襲うのはやめよう。お前の忠告に従う。

ハリー／ヴォルデモーの髪が生えてきて、彼にもそれがわかり、隠そうとする。彼

は フードを被《かぶ》る。

デルフィー　父上？

ハリーの顔から眼鏡が生えてくる——彼は小さくなる——今やヴォルデモーというよりハリーである。彼はデルフィーに背中を向ける。

デルフィー　父上？

ハリー／ヴォルデモー　（必死にヴォルデモーの声を出そうとして）いい忠告をしてくれた。戦うのはやめる。お前は既に私の役に立ったのだ。さあ、ここへ。この光の中へきて、姿をよく見せてくれ。

デルフィーはドアが一つ僅かに開いて、それから閉じるのを見て、顔をしかめて素早く考える。疑念が湧く。

彼女はもう一度彼の顔を見ようとして、二人でダンスのような動きとなる。

デルフィー　お前、ヴォルデモー卿《きょう》ではないな。

デルフィーは手から閃光《せんこう》を放つ。

同時┌デルフィー　＊インセンディオ（＊燃えよ）。
　　└ハリー

二つの閃光《せんこう》が部屋の真ん中でぶつかり美しくはじける。

そして、空いている手でデルフィーは彼らが開けようとしている二つのドアに閂《かんぬき》を掛ける。

デルフィー　ポッター！　コロポータス。

ハリーは驚いてドアの方を見る。

ジニー　（オフで）ハリー！
ハーマイオニー　（オフで）ハリー！
デルフィー　何だ？　お前はお友だちと一緒に戦うつもりだったのか、ポッター？
ハリー　いいだろう。受けて立つ。

彼の呪文がデルフィーの呪文を押し戻し始める。しかし彼女の方がはるかに強い。
ハリーの杖《つえ》が彼女の方へ向かって上昇して行く。

デルフィー　エクスペリアームス。たった一人で、杖《つえ》もない。

アルバスが床の格子から現れるが、二人とも気づかない。

アルバス　パパ……

ハリー　アルバス！　来るな！
デルフィー　あーら二人、どっちにしようかな？
アルバスは杖《つえ》を空中に放り、ハリーがそれをキャッチする。
デルフィー　まずは……ガキから！
ハリー　やめろーーーーー！
デルフィー　アヴァーダ・ケダーヴラ。
ハリー　インセンディオ。
彼女は死の呪文をアルバスに向かって放つ——しかし彼女の呪文はハリーが放った閃光《せんこう》で崩される。
二つの閃光《せんこう》が空中で出会う——音と力の爆発が起きる。
最初は彼女の呪文が勝っている——彼女の閃光《せんこう》が押し進んでいき、彼女はそれを楽しむ――彼女の興奮した声が上がる――ついに長らく潜んでいたベラトリックスの姿が見える。

そして二人は互いに顔が見えるように体をひねる。アルバスはこれを見ると素早く転がり一つずつドアに呪文を投げつける。

デルフィー　あたしに勝てると思っているのか？

ハリー　いや。無理だ。

アルバス　アロホモーラ。

アルバスは自分の杖《つえ》でドアを二つとも開ける。

ハリー　一人では。でも――

アルバス　アロホモーラ。

ハリー　これまで一人で戦ったことはない。これからもだ。

そしてハーマイオニー、ロン、ジニー、ドラコがドアの陰から現れ、デルフィーに向かって呪文を放つ。デルフィーは激怒して叫ぶ。これは強大である。しかし彼女も彼ら全員を相手には戦えない。バン、バンという音がひとしきり続く――そしてデルフィーが負けて床に崩れ落ちる。

デルフィー　あー！

ハーマイオニー　ブラキアビンド。

彼女は太いロープで縛られる。

ハリーがデルフィーの方へ歩み出る。彼は彼女から目を離さない。他の人たちは後ろに下がっている。

ハリー　アルバス、大丈夫か？

アルバス　うん、大丈夫。

ハリーはデルフィーの方へ前進を続ける。

ハリー　これまで襲われたことは何度もあったが——息子に手を出すとは！　よくもアルバスに！

デルフィー　私は父に会いたかっただけだ。

この言葉にハリーは意表を突かれる。

ハリー　自分の人生を作り替えることは出来ない。この先もお前はずっと孤児のままだ。それは変えられない。

デルフィー　一目でいい——会わせて。

ハリー　それは出来ないし、させない。

デルフィー　じゃあ殺して。

ハリーは一瞬考える。

ハリー　それも出来ない……

アルバス　え？　でも人殺しだよ。僕の目の前で人を殺した。

彼は向きを変えて息子を見て、それからジニーを見る。

ハリー　そうだ、アルバス、彼女は人殺しだ。でも我々はそうじゃない。

ハーマイオニー　私たちは人を殺すような人間であってはいけないの。

ロン　マジいらつくけど、俺たちはそう学んだんだ。

ハーマイオニー　あなたをアズカバン送りにします。母親と同じように。

ドラコ　そこで朽ち果てるんだな。

ハリーは物音を聞く。シューシューいう音である。

そして死を表すような音が、これまで誰も聞いたことがないような音がする。

ハァリー――・ポッター――。

スコーピウス　何、今の？

ハリー　いや。まだだ。まだこれから――

デルフィー　父上！　父上！

ドラコ　*サイレンシオ（*黙れ）！（デルフィーに猿ぐつわがはめられる）*ウィンガーディアム・レヴィオーサ（*浮上せよ）！

彼女は劇場の空中へと引き上げられていく。

二幕　二十二場　ゴドリックス・ホロウ。一九八一年

ヴォルデモーが舞台を突っ切って、そのまま客席へ降りていく。彼の後には闇だけが残る。

ついに来た。やつが来た。殺しに来た。

ハリー　父さんと母さんが殺される——でも僕にはやつを止めることが出来ない。

アルバス　パパには出来る——出来ないんじゃなくて、しないんだ。

ドラコ　それでこそヒーローだな。

ジニーはハリーの手を取る。

ジニー　見てなくてもいいのよ。
ハリー　手は出さない……でも、見届けないわけにはいかない。

彼らは通りを歩いて行く、ハリーが先頭に立ち、決然と進んでいく。

ハーマイオニー　じゃあみんなで見届けましょう。
ロン　ああ、俺たちみんなで。

彼らは身を伏せて隠れる。
ヴォルデモーが客席を通ってやってきて、舞台へ上がる。
ヴォルデモーが家に入って行くと、ハリーが立ち上がる。
そして聞き慣れない声がする……

ジェームズSr.　リリー、ハリーを連れて逃げろ！　やつだ！　早く！　逃げろ！　俺が食い止めておく……

爆発音、そして笑い声。

ジェームズSr.　来るな、いいか――こっちへ来るんじゃない！
ヴォルデモート　アヴァーダ・ケダーヴラ！

緑の閃光《せんこう》が客席中に走り、ハリーはひるむ。
アルバスが彼の手を取る。

アルバス　お祖父《じい》ちゃんも最後まで戦ったんだ。

ジニーも彼の横で立ち上がり、彼の手を取る。

ハリー　母さんだ、窓のところ。母さんが見える。綺麗《きれい》だ。

爆発音がして、ドア（複数）が吹き飛ばされる。

リリー　やめて、ハリーは、お願いだからハリーは……
ヴォルデモー　どけ、愚かな女……そこをどけ……
リリー　ハリーは殺さないで、お願い、私を、代わりに私を殺して……
ヴォルデモー　これが最後の警告だ……
リリー　ハリーは助けて！　お願い――何でも言うことをきくから。……助けて……この子だけは！
ヴォルデモー　アヴァーダ・ケダーヴラ。

閃光《せんこう》がハリーの身体を通過していったように見える。彼は地面に倒れ込みそうになるが、踏ん張って立っている。

そして萎《しな》びた悲鳴のような音が私たちの周囲に下りて来て、上がっていく。

そして私たちはただ見ている。

そしてゆっくりと先ほどそこにあったものが、もはやなくなっていることがわかる。

そして舞台が変化し回転する。

そしてハリーと彼の家族と彼の友人たちも回り舞台に立って去って行く。

二幕　二十三場　教室。ホグワーツ

スコーピウスとアルバスがある部屋に駆け込んで来る、すっかり興奮している。二人はドアをぴしゃりと閉める。

スコーピウス　自分があんなことしたなんて信じられない。
アルバス　僕もお前がやったなんて信じられない。
スコーピウス　ローズ・グレンジャー＝ウィーズリーに。ついにローズ・グレンジャー＝ウィーズリーに友だちになって下さいって言った。
アルバス　それで断られた。
スコーピウス　でも言った。種は撒《ま》いたわけだ。それがいつか芽を出して、育って、ついには強い絆《きずな》になる。
アルバス　でも嫌われてるだろう？
スコーピウス　違う、前は嫌われてた。でも僕が言った時の彼女の目、見ただ

アルバス　ろう？　あれは嫌ってる目じゃない、哀れんでる目だ。
スコーピウス　哀れまれてていいのかよ？
アルバス　哀れみは第一歩。そこから宮殿を築き上げていくんだよ——ハーモニーの宮殿を——
スコーピウス　で、彼女とその宮殿で暮らす？
アルバス　ん？　なんで？

ローズが階段を降りてきて二人を見る。

ローズ　ハーイ。

彼女は歩き続け、振り返る——スコーピウスを見る。

ローズ　いいんじゃない、堂々としてれば。
スコーピウス　だよね、うん確かにそうだ。

ローズ　アルバス、いい？

アルバスは考えてからうなずく。ローズは「それならよし」という仕草をして出て行く。

アルバス　お前の言う通りかも――哀れみが第一歩。

スコーピウス　クィディッチ見に行くでしょ？　スリザリン対ハッフルパフの――いい試合になりそうだ。

アルバス　僕たちクィディッチは嫌いなんじゃなかった？

スコーピウス　人は変わるからね。それに僕もう練習始めてるし。最終的にはチームのメンバーになるつもり……行こう。

アルバス　だめなんだ。オヤジが来ることになってて――

スコーピウス　魔法省、休み取ったの？

アルバス　一緒に歩きたいんだって――何か見せたいものがあるって――何か――僕に。

スコーピウス　一緒に歩きたい？

アルバス　うん、それで絆《きずな》を深めようってんだろう。（スコーピウスは吐く真似《まね》をして、アルバスも一緒にやる）でもさ、行ってくるよ。

スコーピウスは腕を伸ばしてアルバスをハグする。

アルバス　何だよ？　ハグはしないんじゃなかったのか？

スコーピウス　どうかな。した方がいいような気がする。僕たち、新しいヴァージョンになったから。

少年二人はハグを解いて、見つめ合って笑う。

アルバス　じゃあ、夕食の時にまたな。

二幕　二十四場　美しい丘

ハリーとアルバスが美しい夏の日に丘を登っている。
二人とも何も言わない。顔に受ける日差しを楽しみながら登っている。

ハリー　準備は出来てるのか？
アルバス　何の？
ハリー　だって、四年生だ、テストがあるだろう——そして五年生になる——一番大変な学年だ——パパが五年の時には——

彼はアルバスを見る。ほほ笑む。早口で話す。

ハリー　いろんなことをした。いいことも。悪いことも。かなり迷惑なこともたくさん。

アルバス　そうなんだ。僕ね、あの人たちを見てきたよ――ちょっとだけ――パパのママとパパ――二人とも、パパも一緒に、三人とも楽しそうだった――パパのパパが何度も何度もいないいないばあをして、パパは……笑いが止まらなかった。

ハリー　へえ？

アルバス　パパはきっとあの二人が大好きになっていたと思う。僕も、孫としても、大好きになっていたと思う。

ハリーはほほ笑む。

ハリー　前に言ったことだけど――あれは許されない発言だった――忘れてくれとは言わないが――

アルバス　パパ、いいよそんなこともう――

ハリー　前に言ってたなお前、パパには怖い物はないと思ってたって――実は暗いのが怖いんだ。

アルバス　ハリー・ポッターが暗いのが怖い？
ハリー　あと、これは誰にも言ってないけど、だめなんだ、ハトも。
アルバス　ハトが怖いの？
ハリー　感じ悪いし、つつくし、汚いし。ぞっとする。
アルバス　ハトなんて何の害もないじゃん！
ハリー　そうなんだけど。いや、一番怖いのは、アルバス・セブルス・ポッター、お前の父親でいることだ。だって手掛かりが何もないんだよ、たいていの人は自分の父親をもとにして——ああなろうとか、ああはならないようにしようとか考えるだろう。でもそれがないから——ほとんど。だから今手探りで学んでる。わかるか？　自分に出来ることは全部やるつもりだ——いい父親になれるように。
アルバス　僕も頑張るよ、もっといい息子になれるように。でも僕は兄貴とは違う。パパや兄貴みたいにはなれない——
ハリー　ジェームズはパパとは全然似てない。

アルバス　そうかな？

ハリー　ジェームズは何でも楽にやってのける。パパの子供時代は必死の努力の連続だった。

アルバス　ってことは——僕は——パパに似てるの？

ハリーはアルバスにほほ笑みかける。

ハリー　どっちかっていうとママに似てる——大胆で、迫力があって、おもしろくて——そこがいいんだな——だからお前はもう、かなりいい息子ってことだ。

アルバスはハリーを見て、どうしようもなく感動している。

ハリー　お前のその名前——重荷に感じなくていいからな——アルバス・ダンブルドアにも試練はあったし——セブルス・スネイプは、彼のことはお前も知っての通りだ——

アルバス　二人ともいい人だったんだよね。

ハリー　偉大な人たちだった、大変な過ちも犯したけどな。その過ちを自分で深く恥じていた。取り除けない痛みも抱えていた。けど、二人とも自分の心を信じ、より良い世界を築こうとした。それが大事だ。それなら誰にでもできる。

アルバス　あのさ？　スコーピウスは僕の人生で一番大事な人なんだ。これからもたぶんずっとそうだと思う。

ハリーは息子を見る。彼はこれが大切なことだと分かる。彼はほほ笑む。理解する。

ハリー　わかってる。それは大切なことだ。あの子はいい子だと思う。スコーピウスを人生で一番大事な人だと言えるのは、素晴らしいことだな。お前の頭の中までは理解できないが——そりゃあ、ティーンエイジャーの頭の中を理解しろって方が無理だ。でも

アルバス　お前の心は理解できる。わかってる——お前は心がきれいなんだ——だから自分でどう思っていようと、アルバスは間違いなく立派な魔法使いになる。
ううん、僕は魔法使いにはならないよ。鳩をいっぱい飼ってレースをやる人になるんだ。考えただけでワクワクする。

ハリーは笑う。
アルバスは辺りを見回す。

アルバス　ねえ。どうしてここに来たの？
ハリー　ここはパパがよく来る場所なんだ。セドリックのお墓がある……
アルバス　パパ？
ハリー　殺されたあの子——クレイグ・バウカーのことはよく知ってたのか？

アルバス　ううん、そんなには。

ハリー　パパもセドリックのことはそんなには知らなかった。でも彼ならきっとクィディッチのイングランド代表選手になれただろうな。或《ある》いは、優秀な医師か。彼なら何にでもなれた、エイモスの言う通りだ――不当に奪われたんだ。だからここに来る。謝りに。来られる時には。

アルバス　いいことだね、それ。

アルバスはかがんでセドリックの墓から雑草を抜いてきれいにする。ハリーは息子にほほ笑みかけて、空を見上げる。

ハリー　今日はいい日になりそうだな。

アルバス　（ほほ笑んで）うん、そうだね。

終わり。

『ハリー・ポッターと呪いの子』東京公演は、ソニア・フリードマン・プロダクションズ、コリン・カレンダー、ハリー・ポッター・シアトリカル・プロダクションの製作、TBSテレビ、ホリプロ、Ambassador Theatre Group の主催で、2022年7月8日に初演された。初演時の配役は以下の通り。

東京公演初演配役

- ハリー・ポッター……………………藤原竜也　石丸幹二　向井理
- ハーマイオニー・グレンジャー………中別府葵　早霧せいな
- ロン・ウィーズリー…………………エハラマサヒロ　竪山隼太
- ドラコ・マルフォイ…………………松田慎也　宮尾俊太郎
- ジニー・ポッター……………………馬渕英里何　白羽ゆり
- アルバス・セブルス・ポッター………藤田悠　福山康平
- スコーピウス・マルフォイ……………門田宗大　斉藤莉生　渡邉聖斗
- 嘆きのマートル………………………美山加恋

・ローズ・グレンジャー＝ウィーズリー……………橋本菜摘
・デルフィー……………………………宝意紗友莉　岩田華怜
・組分け帽子……………………………木場允視
・エイモス・ディゴリー………………福井貴一
・マクゴナガル校長……………………榊原郁恵　高橋ひとみ

その他の登場人物・ダンス

・安藤美桜　安楽信顕　千葉一磨　半澤友美　川辺邦弘　小松季輝　前東美菜子　みさほ　扇けい
尾尻征大　岡部雄馬　織詠　大竹尚　大内慶子　佐竹桃華　佐藤雄大　篠原正志　鈴木翔吾　田口遼
髙橋英希　田中彩乃　手打隆盛　上野聖太　薬丸夏子　横山千穂　吉田健悟（アルファベット順）

・ルード・バグマン（声）……………………吉田鋼太郎

東京公演クリエイティブ・チーム

- オリジナルストーリー……………J・K・ローリング
- 脚本・オリジナルストーリー…………ジャック・ソーン
- 演出・オリジナルストーリー…………ジョン・ティファニー
- ムーブメント・ディレクター・ステージング
 ………………………スティーヴン・ホゲット
- 美術…………………クリスティン・ジョーンズ
- 衣裳…………………カトリーナ・リンゼイ
- 音楽…………………イモージェン・ヒープ
- 照明…………………ニール・オースティン
- 音響…………………ギャレス・フライ
- イリュージョン&マジック……………ジェイミー・ハリソン
- 音楽監督&編曲…………マーティン・ロウ
- インターナショナル演出補……………デス・ケネディ
- 演出補………………コナー・ウィルソン
- ムーブメント・ディレクター補……ヌノ・シルヴァ
- インターナショナル・イリュージョン&マジック補
 ………………………クリス・フィッシャー
- インターナショナル衣裳デザイン補
 ………………………サビーン・ルメートル
- インターナショナル音響デザイン補
 ………………………ピート・マルキン
- インターナショナル美術スーパーバイザー
 ………………………ブレット・J・バナキス
- ヘア、ウィッグ&メイクアップ……キャロル・ハンコック
- 映像…………………フィン・ロス　アッシュ・ウッドワード
- 翻訳…………………小田島恒志　小田島則子
- 演出補(日本)…………河合範子
- レジデント演出補………………坪井彰宏
- ムーブメント・ディレクター補(日本)
 ………………………友谷真実

・イリュージョン&マジック補（日本）
……………………水嶋ユウ　はやふみ
・音響補（日本）………………井上正弘
・照明補（日本）………………渡邉雄太
・衣裳補（日本）………………阿部朱美
・ヘアメイク補（日本）…………柴崎尚子
・技術監督（日本）………………清水重光
・プロダクション・マネージャー（日本）
……………………………金井勇一郎
・東京公演スーパーバイジング・プロデューサー
……………………………マイケル・ドリームラー
・インターナショナル・テクニカル・ディレクター
……………………………ギャリー・ビーストン
・インターナショナル・プロダクション・マネージャー
……………………………ボリス・ニューライター
・インターナショナル・プロダクション・ステージマネージャー
……………………………サム・ハンター
・インターナショナル・エグゼクティブ・プロデューサー
……………………………パム・スキナー
・インターナショナル・エグゼクティブ・ディレクター
……………………………ダイアン・ベンジャミン
・インターナショナル・ゼネラル・マネージメント
……………………………ソニア・フリードマン・プロダクションズ
・プロデューサー……………………コリン・カレンダー
ニール・ブレア　ハリー・ポッター・シアトリカル・プロダクション

東京公演主催

・TBSテレビ　ホリプロ　Ambassador Theatre Group

原作チームの略歴

J.K. ローリング／原作

J.K. ローリングは、不朽の人気を誇る「ハリー・ポッター」シリーズの著者。1990年、旅の途中の遅延した列車の中で「ハリー・ポッター」のアイデアを思いつくと、全7冊のシリーズを構想して執筆を開始。1997年に第1巻『ハリー・ポッターと賢者の石』が出版、その後、完結までにはさらに10年を費やし、2007年に第7巻となる『ハリー・ポッターと死の秘宝』が出版された。シリーズは現在85の言語に翻訳され、発行部数は6億部を突破、オーディオブックの累計再生時間は10億時間以上、制作された8本の映画も大ヒットとなった。また、シリーズに付随して、チャリティのための短編『クィディッチ今昔』と『幻の動物とその生息地』(ともに慈善団体〈コミック・リリーフ〉と〈ルーモス〉を支援)、『吟遊詩人ビードルの物語』(〈ルーモス〉を支援)も執筆。『幻の動物とその生息地』は魔法動物学者ニュート・スキャマンダーを主人公とした映画「ファンタスティック・ビースト」シリーズが生まれるきっかけとなった。大人になったハリーの物語は舞台劇『ハリー・ポッターと呪いの子』へと続き、ジョン・ティファニー、ジャック・ソーンとともに執筆した脚本も書籍化された。その他の児童書に『イッカボッグ』(2020年)『クリスマス・ピッグ』(2021年)があるほか、ロバート・ガルブレイスのペンネームで発表し、ベストセラーとなった大人向け犯罪小説「コーモラン・ストライク」シリーズも含め、その執筆活動に対し多くの賞や勲章を授与されている。J.K. ローリングは、慈善信託〈ボラント〉を通じて多くの人道的活動を支援するほか、性的暴行を受けた女性の支援センター〈ベイラズ・プレイス〉、子供向け慈善団体〈ルーモス〉の創設者でもある。
J.K. ローリングに関するさらに詳しい情報はjkrowlingstories.comで。

ジョン・ティファニー John Tiffany ／原作、演出

演出を手掛けた『ONCE ダブリンの街角で』は、英国ウエスト・エンドと米国ブロードウェイの双方で複数の賞を受賞。ロイヤル・コート劇場の副芸術監督として、『ロード』『アッホ夫婦』『ホープ』『ザ・パス』を演出。ナショナル・シアター・オブ・スコットランド（以下NTSと表記）が制作し、演出を手掛けた『ぼくのエリ 200歳の少女』は、ロンドンのロイヤル・コート劇場およびウエスト・エンド、NYのウエスト・アンズ・ウエアハウスでも上演。NTS制作の舞台演出としては他に、『マクベス』（ブロードウェイでも上演）、『エンクワイアラー』『ザ・ミッシング』『ピーター・パン』『ベルナルダ・アルバの家』『トランスフォーム　ケイスネス: ハンター』『ビー・ニア・ミー』『ノーバディ・ウィル・フォーギヴ・アス』『バッコスの信女たち』『ブラック・ウォッチ』（ローレンス・オリヴィエ賞と批評家協会ベスト演出家賞を受賞）、『エリザベス・ゴードン・クイン』『ホーム:グラスゴー』。近年の演出作品には、『ガラスの動物園』（アメリカン・レパートリー・シアター制作により上演した後、ブロードウェイ、エジンバラ国際フェスティバル、ウエスト・エンドでも上演）、『ジ・アンバサダー』（ブルックリン・アカデミー・オブ・ミュージック）がある。2005年から2012年までNTSの副芸術監督を務め、2010年度から2012年度まではハーバード大学ラドクリフ研究所で特別研究員を務めた。原案と演出を担当した『ハリー・ポッターと呪いの子』では、ローレンス・オリヴィエ賞のベスト演出家賞を受賞したが、この舞台はオリヴィエ賞の9部門で最優秀を獲得するという新記録を達成した。

ジャック・ソーン Jack Thorne ／原作、脚本

舞台、映画、テレビ、ラジオの脚本によりトニー賞、ローレンス・オリヴィエ賞、英国映画アカデミー賞（以下BAFTAと表記）を受賞。舞台脚本に、ジョン・ティファニー演出の『ホープ』『ぼくのエリ 200歳の少女』をはじめとして、『ヴォイチェック』（オールド・ヴィック劇場）、『ジャンクヤード』（ヘッドロング、ローズ・シアター・キングストン、ブリストル・オールド・ヴィック、シアター・クルーイドの共同制作）、『ソリッド・ライフ・オブ・シュガーウォーター』（グレイアイ・シアター・カンパニーの制作によるツアー公演の後、ナショナル・シアターで上演）、『バニー』（エジンバラ・フリンジ・フェスティバルで上演）、『ステイシー』（トラファルガー・スタジオ）、『1997年5月2日』『When You Cure Me』（ブッシュ・シアター）がある。翻案戯曲に、『物理学者たち』（ドンマー・ウェアハウス）、『崩壊ホームレス　ある崖っぷちの人生』（ハイタイド・シアター・カンパニー）など。映画の脚本に、『ウォー・ブック』『幸せになるための5秒間』『スカウティング・ブック・フォー・ボーイズ』など。テレビ番組の脚本に、『ナショナル・トレジャー』『ラスト・パンサーズ』『ドント・テイク・マイ・ベイビー』『ディス・イズ・イングランド』シリーズ、『フェーズ』『グルー』『キャスト・オフ』など。2017年にBAFTAとロイヤル・テレビジョン協会のベスト・ミニ・シリーズ賞を受賞（『ナショナル・トレジャー』）。2016年にBAFTAのベスト・ミニ・シリーズ賞（『ディス・イズ・イングランド '90』）とベスト単発ドラマ賞（『ドント・テイク・マイ・ベイビー』）を、2012年にはBAFTAのベスト・ドラマ・シリーズ賞（『フェーズ』）とベスト・ミニ・シリーズ賞（『ディス・イズ・イングランド '88』）を受賞。

謝辞

『呪いの子』ワークショップに参加してくれた俳優の皆様に感謝の意を表します。
メル・ケニヨン、レイチェル・テイラー、アレグザンドリア・ホートン、
イモジェン・クレア＝ウッド、フローレンス・リース、ジェニファー・テイト、
デヴィッド・ノック、レイチェル・メイスン、
コリン、ニール、ソニアＳＦＰの皆様とザ・ブレア・パートナーシップの皆様、
ＪＫＲ ＰＲのレベッカ・ソルト、パレス・シアターのニカ・バーンズとスタッフの皆様。
そしてもちろん、すべてのセリフに命を与えた素晴らしいキャストの皆様。

ハリー・ポッター
家系図

ポッター家は、12世紀まで遡る魔法界の
旧《ふる》い家柄。その後、家族は拡大し、
魔法使いとマグルの多くの家系につながった。
ペベレル家、ウィーズリー家、ダーズリー家など。

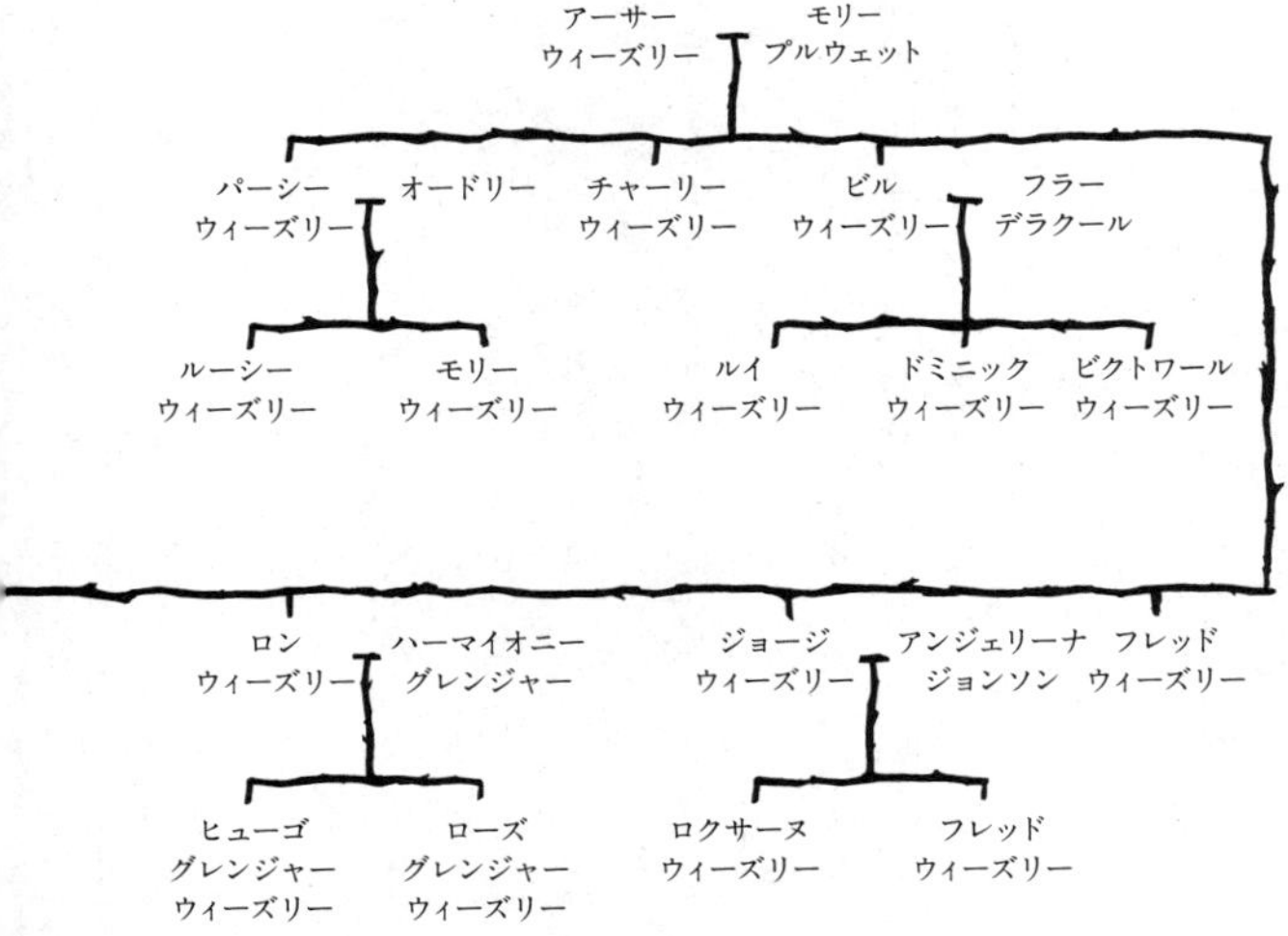

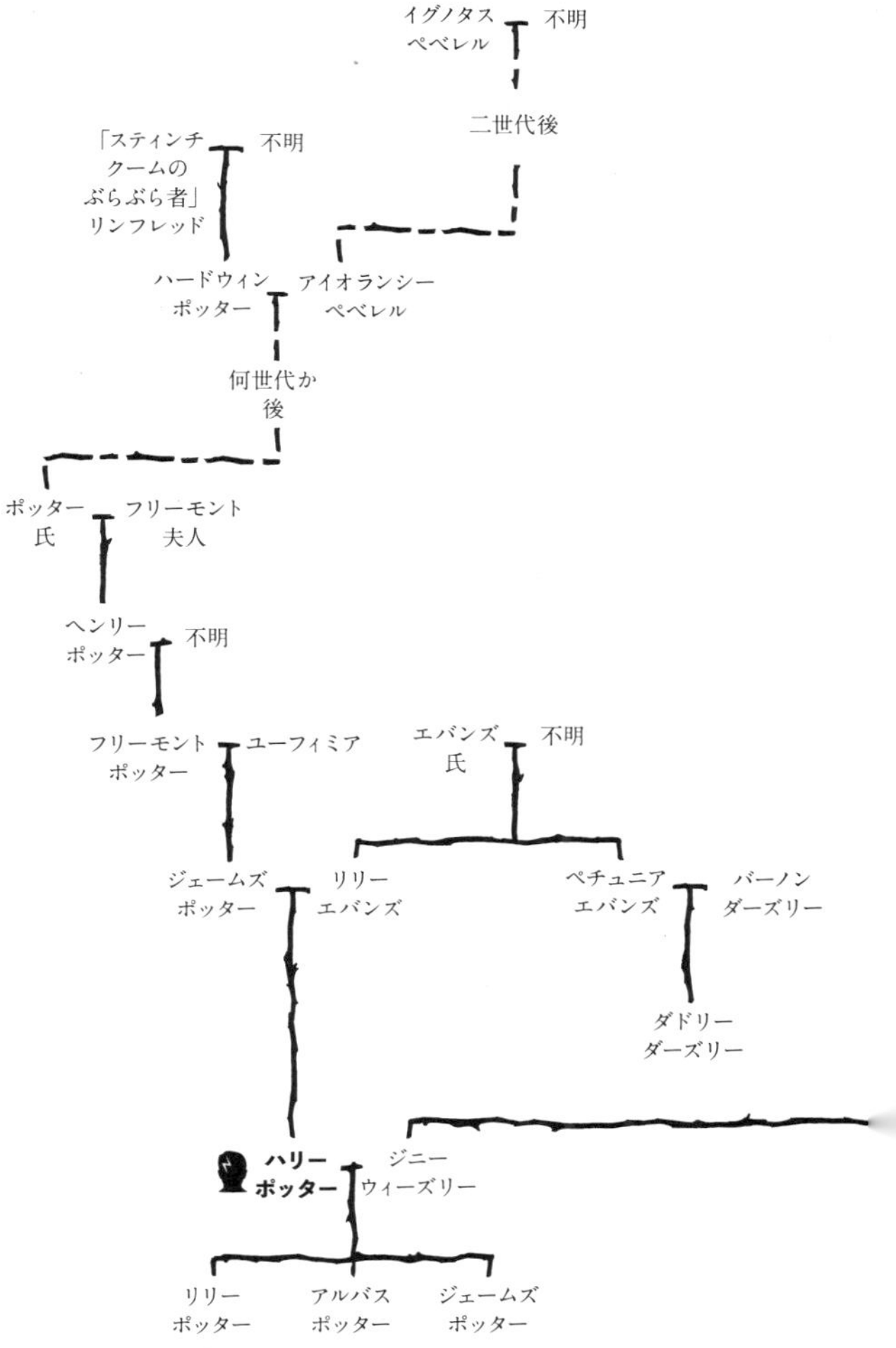

イグノタス
ペベレル
不明
二世代後
「スティンチ
クームの
ぶらぶら者」
リンフレッド
不明
ハードウィン
ポッター
アイオランシー
ペベレル
何世代か
後
ポッター
氏
フリーモント
夫人
ヘンリー
ポッター
不明
フリーモント
ポッター
ユーフィミア
エバンズ
氏
不明
ジェームズ
ポッター
リリー
エバンズ
ペチュニア
エバンズ
バーノン
ダーズリー
ダドリー
ダーズリー
ハリー
ポッター
ジニー
ウィーズリー
リリー
ポッター
アルバス
ポッター
ジェームズ
ポッター

ハリー・ポッター：
年表

1980 年 7 月 31 日
ハリー・ポッター、イギリスの〈ゴドリックの谷〉で誕生。

1981 年 10 月 31 日
ハリーの両親のリリーとジェームズがヴォルデモート卿に殺害される。
両親を亡くしたハリーは、ヴォルデモートの死の呪いを跳ね返して生きのびる。
このとき、額に稲妻の形の傷が付く。

1981 年 11 月 1 日
ハリーはハグリッドによって、マグルの親戚のダーズリー家に連れてこられる。
ダーズリー一家は、ハリーの生い立ちをかたくなに隠しつづける。

10年後……

『ハリー・ポッターと賢者の石』

1991 年 7 月 31 日
ハグリッドがハリーにホグワーツ魔法魔術学校からの入学許可証を届け、こう告げる――「ハリー、おまえは魔法使いだ」

1991 年 9 月 1 日
ホグワーツ特急に乗ってホグワーツ魔法魔術学校へむかう途中、ハリーはロン・ウィーズリーとハーマイオニー・グレンジャーに出会う。

1992 年 6 月
ハリーは、〈賢者の石〉を盗もうとしたクィレル教授を阻止する。
この時もヴォルデモートの攻撃を跳ね返す。

『ハリー・ポッターと秘密の部屋』

1992 年 10 月 31 日
ホグワーツの〈秘密の部屋〉が開かれ、生徒たちが次つぎと〈スリザリンの怪物〉に襲われる。

1992 年 12 月 25 日
ハリー、ロン、ハーマイオニーは、はじめてポリジュース薬を使う。

1993 年 5 月
ハリーとロンは、嘆きのマートルが棲む女子トイレから〈秘密の部屋〉に入る。
部屋に入ったハリーは、怪物バジリスクを倒し、ジニー・ウィーズリーを操っていたトム・リドルの日記を破壊する。
ハリーはジニーの命の恩人になる。

『ハリー・ポッターとアズカバンの囚人』

1993 年 8 月
ハリーは、〈日刊予言者新聞〉で、
シリウス・ブラックの脱獄を知る。
シリウスは「アズカバン史上最悪の
犯罪者」
だとされていた。

1993 年 9 月 1 日
ホグワーツ特急が吸魂鬼たちに
襲われる。

1994 年 6 月 6 日
ハリーは、シリウスの無実を知る。
シリウスは無実の罪を
かぶせられており、本当の罪人は
ピーター・ペティグリューだと判明する。

ハリーとハーマイオニーは
逆転時計を使ってシリウスを救うが、
ペティグリューはまたしても逃亡する。

『ハリー・ポッターと炎のゴブレット』

1994 年 8 月
クィディッチのワールドカップの最中に
〈闇の印〉が打ち上がり、
ヴォルデモートが力を取りもどしつつ
あることが分かる。

1994 年 9 月—10 月
ダンブルドア校長が、約一世紀ぶりに
〈三大魔法学校対抗試合〉の開催を宣言。
〈炎のゴブレット〉は、
規定の年齢に達していない
ハリーを選手のひとりに選ぶ。
これによりホグワーツ校からは、
ハリー・ポッターとセドリック・ディゴリーの
ふたりが出場することになる。

1994 年 11 月 24 日
対抗試合第一の課題で、
ハリーは箒をたくみに操り、
火を吹くハンガリー・ホーンテイル種
のドラゴンから金の卵を奪う。

1994 年 12 月
ダームストラング校の選手
ヴィクトール・クラムが、
クリスマスのダンスパーティーに
ハーマイオニーを誘う。
ハリーはパーバティ・パチルを、
ロンはその妹のパドマを誘う。

1995 年 2 月 24 日
対抗試合第二の課題で、
ハリーは鰓昆布を使って、
湖に囚われていたロンと
ガブリエル・デラクールを救う。
勇敢な行為だったが、
審査員のあいだには
ルール違反の是非を問う議論が起こる。

1995 年 6 月 24 日
対抗試合最後の課題は、
敵と罠でいっぱいの迷路で
おこなわれる。ハリーとセドリックは
協力して優勝するが、
優勝トロフィーは移動キーに
なっており、ふたりは連れさられる。
墓地では、ヴォルデモートと手下の
死喰い人たちが待ちかまえていた。
セドリックは殺害され、
ハリーはショックで呆然としたまま
ホグワーツへもどる——
セドリックの遺体と、ヴォルデモートが
復活したという知らせとともに。

『ハリー・ポッターと不死鳥の騎士団』

1995年9月
魔法大臣コーネリウス・ファッジは、ヴォルデモートの復活を認めようとしない。コーネリウスは、ダンブルドアと敵対するドローレス・アンブリッジを〈闇の魔術に対する防衛術〉の教授に任命する。

1995年10月
ハリーは〈ダンブルドア軍団〉を作り、アンブリッジに反発する生徒たちを秘密裏に集める。
団員たちは、アンブリッジが教えない魔法の実技を学ぶ。

1996年6月
ハリーは長らく、ヴォルデモートの見た光景が頭の中へ流れこんでくることに悩んでいた。
それにより、シリウス・ブラックが危険にさらされていることを知る。
ハリーは親しい友人たちとともに魔法省に忍びこみ、ふたたびヴォルデモートと対決する。

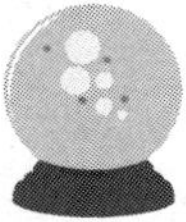

魔法省にて
ハリーは重要な〈予言〉を見つける。
その予言によって、ハリーとヴォルデモートの運命が分かちがたく絡みあっていることが明らかになる。

魔法省にて
シリウスは死喰い人のひとりベラトリックス・レストレンジに殺害される。
魔法省の逆転時計は、〈神秘部の戦い〉の際にすべて破壊される。

『ハリー・ポッターと謎のプリンス』

1997年1月
打倒ヴォルデモートのため、ダンブルドア校長は、闇の帝王の過去をハリーに教えはじめる。

1997年5月
クィディッチ杯でグリフィンドールが優勝したあと、ハリーはとうとうジニーとキスをする。

1997年6月
ホグワーツに死喰い人たちが侵入する。
ドラコ・マルフォイは、ヴォルデモートにダンブルドア殺害を命じられるが失敗する。
代わりに、セブルス・スネイプがダンブルドアを殺す。

『ハリー・ポッターと死の秘宝』

1997年8月
魔法省はヴォルデモートの手に落ちる。
ハリーとロンとハーマイオニーは、
闇の帝王を倒すべく、
分霊箱を探す旅に出る。

1997年12月
ハリーとロンとハーマイオニーは、
〈死の秘宝〉の存在を知る。
〈死の秘宝〉は三つあり、
そのすべてを手に入れると、
死を征服することができる。

1998年5月
ハリーとロンとハーマイオニーは、
残りの分霊箱を探しに
ホグワーツへもどる。
〈ホグワーツの戦い〉がはじまる。

〈ホグワーツの戦い〉
ヴォルデモートは、〈死の秘宝〉を
完成させるために、
スネイプを殺害して
ニワトコの杖を手に入れる。
ハリーは、スネイプが自分の母親の
リリーを愛していたことを知る。
スネイプが忠誠を誓っていたのは
ダンブルドアとリリーであり、
闇の帝王ではなかった。

〈ホグワーツの戦い〉
自分自身が分霊箱であることを
知ったハリーは、
命を懸けてヴォルデモートに
立ちむかい、
魔法世界を救おうとする。

〈ホグワーツの戦い〉
ネビル・ロングボトムは、
ハリーに代わって
最後の分霊箱を破壊するため、
ナギニを殺す。

〈ホグワーツの戦い〉
ハリーはヴォルデモートの
最後の攻撃を耐えぬき、
とうとう闇の帝王を倒す。

19年後……

2017年9月1日
37歳になったハリーはジニーと結婚しており、ふたりのあいだには三人の子どもがいる。ポッター一家は、結婚したロンとハーマイオニーと、キングス・クロス駅の9と3/4番線のプラットホームで会う。アルバス・ポッターとローズ・グレンジャー＝ウィーズリーは、今日からホグワーツに通うのだ。アルバスはスリザリン寮に入れられるかもしれないと不安に思っているが、ハリーは息子に言いきかせる。「アルバス・セブルスっていう名前はホグワーツの歴代校長の二人から取ったんだぞ。一人はスリザリン出身だけど、パパはこれまであんなに勇敢な魔法使いには会ったことがない」。やがて汽笛が鳴り、アルバスとローズの旅がはじまった。

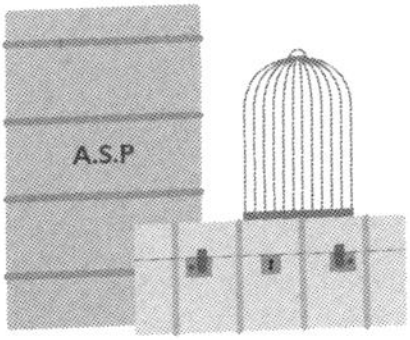

小田島恒志《おだしまこうし》 訳

翻訳家。早稲田大学教授。早稲田大学大学院博士課程、ロンドン大学大学院修士課程修了。戯曲翻訳により、1996年度湯浅芳子賞受賞。主な翻訳戯曲に『ライフ・イン・ザ・シアター』『アルカディア』『ピグマリオン』など。

小田島則子《おだしまのりこ》 訳

翻訳家。早稲田大学大学院博士課程、ロンドン大学大学院修士課程修了。主な戯曲翻訳に『チャイメリカ』『ナイン』『アルビオン』など。二人の翻訳作品に『サンシャイン・ボーイズ』『OSLO』『検察側の証人』『ビューティフル・ボーイ』『エミリーへの手紙』など。